어느 날
달이
말해준
것들

어느 날
달이
말해준
것들

펴 낸 날　2022년 8월 23일 초판 1쇄

지 은 이　지 월
펴 낸 이　박지민
책임편집　김정웅
책임미술　롬디
일러스트　웨스트윤
마 케 팅　박종천, 박지환

펴 낸 곳　모모북스
　　　　　서울특별시 동대문구 왕산로81, 203-1호(두산베어스 타워)
　　　　　전화 010-5297-8303　팩스 02-6013-8303
　　　　　등록번호 2019년 03월 21일 제2019-000010호
　　　　　e-mail pj1419@naver.com

ⓒ 지 월, 2022
ISBN 979-11-90408-27-1 03810

"차분함에 이르러, 우리 결국 편안하기를."

어느 날
달이
말해준
것들

지월 지음

몇 년 전에 이런 말을 들은 적이 있습니다.

힘들 때는 하늘을 보라고요.

그 말이 유행처럼 번진 뒤로 사람들이 하늘을 보기 시작하더라고요.

그리고 문득 이런 생각에 잠깁니다.

"내가 하늘을 올려다본 게 언제였지?"

하늘 볼 여유 없이 하루하루…

그때부터였을까요. 저 역시도 하늘을 자주 올려다보기 시작한 게.

그 이후로 하늘을 볼 때면 습관처럼 말하곤 해요.

"달이 예쁘네."
"오늘은 별이 많이 떴네."

사실은 정말로 예뻐서 그런 것보다 마음이 아파서 그랬습니다.
그 말이라도 내뱉지 않으면 눈물이 먼저 나올 것 같아서요.
어느 날은 스스로도 감당할 수 없는 감정에 휩싸여 사색에 잠기기도 하고, 다시 마음을 추스르기도 하고, 그렇게 살아가다 희망이라는 녀석을 마주하기도 하고, 때로는 자신을 지키며 당차게 살아가기도 합니다.
그런 삶 앞에서 말로는 담을 수 없는 처절한 삶의 의지와 감정에 그만 입을 닫아버렸던 순간이 참 많습니다. 말과 사람은 늘 무서웠기에, 다섯 번의 해를 넘기는 동안 말 못 할 저의 마음을 글로 담곤 했습니다.

세상에 정이 떨어질 때, 덜컥 정이 붙어버렸을 때.

그럴 때마다 글을 다 쓰고 밤하늘을 올려다보면 유독 달이 밝게 빛났습니다. 아무도 제 마음을 이해해 줄 수 없다고 생각했는데 왠지 저 달만큼은 저에게 숨통이 되어주는 것 같았습니다. 위로 받고 싶은 날 이제는 밤하늘에 달이 없으면 마음이 괜스레 서운 합니다. 어쩌면 제가 듣고 싶은 위로를 달이 건네주었는지도 모 르겠어요.

목 끝까지 차오르는 말을 저 멀리 떠오르는 달에게 맡깁니다.

잠겨버린 마음들과 굽히지 않았던 마음들까지 모두 모아, 잔잔 한 달빛이 우리네 인생과 세상을 잠시나마 관통할 수 있기를, 부디 여러분에게도 위로가 될 수 있는 시간이기를 바랍니다.

개인 정보 보호를 위해 글에 등장하는 인연과 이야기들은 일부 내용이 각색되
었습니다.

목차

part. 1 ○ 삭, 잠겨버린 마음들

part. 2) 초승달, 회복하는 마음들

삭,

part. 1

잠겨버린 마음들

특별해지고 싶다가도
가장 평범해지고 싶을 때

"때로는 스스로가 한없이 작아지지만 우리만
그런 게 아닐 거야."

8년을 알고 지낸 친구가 있다. 나의 속내를 이야기할 수 있
는, 내가 꽤나 의지하는 친구다.

친구의 전공은 컴퓨터 응용설계 쪽인데 어렸을 때부터 그림
그리는 것을 좋아해서 요새는 그림을 배우는 중이라고 했다. 그
러던 어느 날 친구는 자신이 우물 안의 개구리 같다며 풀이 죽
은 목소리로 연락을 해왔다. 온라인 수업을 진행하는 미술 선생
님이 당연히 성인일 거라고 생각했는데, 학생이었다는 사실을
알게 됐다며 말이다. 친구는 나이와 상관없이 자신의 실력만으

로 수강생을 바로잡아주는 선생님을 보고 대단하다는 생각도 들고, 한편으로는 일찍부터 자신이 잘하는 일을 찾은 그가 부럽다고 말했다.

친구는 자신 있게 미술을 시작했던 사람이다. 그러나 막상 미술을 시작한 뒤로는 큰 좌절감만 느끼는 듯했다. 수업을 같이 듣는 사람들의 그림은 하나같이 다 자기의 매력을 아는 그림인데, 그에 비해 내 친구는 잘하지도 못하지도 않는 애매함 속에서 초라함을 느꼈다고 했다. 이내 가망성이 없어 보인다고 말하는 친구에게 나는 한 가지를 물어보았다.

"어떤 가망성을 말하는 거야? 가망성이라 하면 네가 하고 싶은 게 있다는 뜻이잖아."

그제야 그 친구는 자신이 품고 있던 꿈 하나를 꺼내놓았다. 본업은 전공을 살려서 하되 부업은 자신의 취미를 살려 외주를 받고 웹디자인을 하는 것이 최종 목표라고 말했다. 본업과 부업의 이야기 속에서 친구가 왜 이렇게까지 힘들어하는지 이해할 수 있었다.

잘하고 못하고를 떠나서 본업과 부업을 나누는 게 나에게도 일종의 도피처였던 시기가 있었으니까. '먹고사는 것에 대한 걱

정. 그러면서도 좋아하는 일은 포기할 수 없는.'

내가 책임져야 하는 것들이 점점 많아지기에 좋아하는 일을 하고 싶어도 막상 그곳에 올인 하기에는 자신이 없었다. 좋아하는 일을 부업으로 두고 이 일이 잘 안 되더라도 언제든 본업으로 내 삶을 지켜나갈 수 있게끔, 그래, 일종의 방어막이 필요했다. 이런 직업, 저런 직업을 겪어보고 싶다는 욕심이 아니라 좋아하는 걸 좋아하는 것으로 두면서 꾸준히 하고 싶은 그런 것. 남들이 보면 올인 하지 않으니 간절하지 않은 것처럼 보여도 사실은 인생 자체에 누구보다 간절하고 꾸준한 그런 삶 말이다.

그러다가 본업과 부업 사이에 괴리감을 느끼면 다시 원점으로 돌아가기 일쑤였다. 한때는 숨통이라고 생각했던 도피처가 괴로워지면 내가 작아지는 것은 한순간이었다. 그녀가 미술을 배우며 초라함을 느껴 좌절했던 것처럼.

언젠가 내가 가장 좋아하는 말이라고 알려줬던 문장을 친구에게 다시 한번 말해주었다.

"인생은 가까이서 보면 비극이지만 멀리서 보면 희극이다."
찰리 채플린

사람 사는 거 다 똑같은데 속속들이 모를 뿐이라고, 내가 한없이 작아질 때 나만 그렇게 못난 게 아니라고, 지독하게 특별해지고 싶은데 사실은 가장 평범해지고 싶을 때 저 문장이 위로가 된다. 초라함 자체는 텅텅 비어버린 무엇인가를 연상시키는 빈약함과 같은 것이지만, 그만큼 뼈저리는 감정도 드물 것이다.

문득 생각해본다. 우리가 한없이 작아질 때, 우리는 특별해지고 싶었던 것인지, 아니면 평범해지고 싶었던 것인지.

배제된 것들

"기다려주지 않은 느낌, 그렇게 우리는 지독하
게 외로울 때가 있지."

3년 정도 자취를 한 친구가 있다. 할머니와 함께 살다가 회
사에 다니게 되면서 자취를 시작했는데 요즘 따라 홀로 있어야
하는 집 안으로 들어가는 게 힘들어 보였다. 아무도 기다리지
않는 집 안으로 들어갔을 때의 느낌을 친구는 말로 표현하지 못
했다. 세상에 있는 단어들을 고르고 골라 봐도 무어라 말할 수
없는 감정이었다. 가장 가까운 단어로 흔히 '쓸쓸함', '외로움',
'공허함'을 골라 말하지만 차마 표현할 수 없었던 자취방 안의
썰렁한 공기가 친구의 표정에서 고스란히 나타났다.

친구와 헤어지고 집으로 걸어가는 길에 문득 세상에서 나만 배제된 것 같은 느낌을 받았을 때를 떠올렸다. 모든 것이 이상하게 돌아가고 있다는 생각이 들 때면 나는 소외된 자가 되어 있었다. 참 편리하고 좋은 것들이 넘쳐나는데 그것들을 누리기 위해서는 늘 대가가 필요하기도 했다. 그 대가의 종류에는 돈과 시간도 있었을 테고, 나이도 있었을 테지만 그 외에 생각지도 못한 감정적인 것도 훨씬 많았다. 특히 '열정', '패기'와 같은 대가를 지불해야 한다면 이미 고갈된 정신력 때문에 행할 수 없거나 두려움 때문에 망설이기도 했다.

정말 도움을 필요로 하거나, 갑갑한 환경에 처한 사람들에게 때때로 현실의 진입장벽이 매우 높다는 생각을 한다. 그게 꼭 물질적인 것이 아니더라도 말이다.

나 혼자만 덩그러니 외딴섬에 놓인 것 같고, 아무도 나에게 손 내밀어 주지 않을 때 우리는 철저히 배제되어 있다는 아픔에 잠긴다. 배제되었을 때는 분노가 치밀어 오르기도 하고, 억울하기도 하다.

외로움이 심각하게 사무칠 때는 소속과 사람으로도 채워지지 않는다. 그날 내가 만난 친구도 그랬다. 사람이 그리운 게 아니고 이제는 더 이상 사람이 곁에 있어도, 누군가를 자주 만나

도 헛헛한 구석이 채워지지 않는다고.

"기다려주지 않는 거 있잖아. 마냥 자신감이 넘치고 예전처럼 밝게 살기에는 나를 기다려주지 않을 거라는 그 느낌."

어렸을 적 집에서 자신을 기다려주셨던 할머니를 종종 이야기하곤 했지만 그날따라 그 아이는 주체도 객체도 없이 배제된 입장에서 바라본 세상살이를 말하는 듯했다. 친구는 그날도 어김없이 불안한 자신의 마음을 끌어안고 집으로 다시 돌아가야만 했다.

가끔 그렇다.

발끝까지 밀려와 부서지는 파도 앞에서도 우리의 슬픔은 배제되고
이리저리 터지는 폭죽 아래에서도 우리의 기쁨은 배제되며
인파의 박동에 맞춰 울리는 발걸음 소리 안에서도 우리의 영혼은 배제된다.

그렇게 우리는 지독하게 외롭다.

바운더리

"우리는 남들이 판단할 수 없는

길을 걷고 있어."

나에게 가장 좋았던 시기를 꼽으라고 하면 대학생 때라고 답하고 싶다. 8년간 꿈꿨던 교육자의 길. 그 길을 포기하고 나는 자퇴를 했고 전공을 변경하여 새로운 학교에 입학했다. 돌고 돌아서 온 길이 마냥 행복했던 것은 아니었지만 가장 나답고, 나를 생각한 선택의 시간이 모인 2년이었다. 좋은 인연들과 풋풋한 젊음을 만끽한 덕에 가끔 대학생 때를 그리워하곤 한다.

그런 내 마음에 누군가가 찬물을 끼얹을 때가 있었다.

"월이 너는 학교를 좀 짧게 다녀서 그립다고 말하는 거야. 너도 4년 다니면 싫다고 할걸. 2년제니까…."

4년을 안 다녀서 덜 질리고, 덜 힘들고 사람에게 덜 데고 그래서 나의 2년은 상대적으로 좋은 기억으로 남은 것이라는 논리. 과연 그런 것일까. 말을 듣자마자 기분이 상했다. 내가 그리워하는 것에는 기간이 없었는데 말이다. 인생이 막 재밌고 책임지는 것에 즐거워지려던 참이었는데 하필이면 그 앞에 보이는 다른 사람의 판단에 속상했다. 왜 무시당하는 느낌이 들었을까.

순간적으로 나는 내 스스로를 남들이 하찮게 보게끔 만든 것 같다는 생각을 했다. 내가 하찮아 보일 이야기를 얼마나 많이 했던가. 꽤 절친한 상대에게서 들은 말이라 머릿속이 복잡해졌다. 2년이라는 시간이 4년 앞에 묶여 작은 가치가 되었을 때 나는 별말을 하지 않았다. 이해 받겠다고 항변을 했다가는 왠지 내가 더 이상한 사람이 되어있을 것 같았다.

어쩌면 우리는 남들이 판단할 수 없는 저마다의 길을 걷고 있는지도 모른다. 하지만 너무나 쉽게 내뱉은 말이 우리를 무너트리고 관계를 망치기도 한다. 함부로 평가하고 함부로 정의 내리는 일, 우리가 서로에게 그럴 자격이 있을까?

인류애가 샘솟다가도 사람의 모순에 절망에 빠진다. 시간이 지날수록 말을 아끼는 편이 마음을 지키는 길이라고 느끼는 이유는 무엇일까?

가끔 무례하게 내 바운더리를 침범하는 사람이 있다. 내가 준비되지도, 허락하지도 않았는데 말이다. 이럴 때면 어디까지 나의 말과 마음을 아껴야 하는지, 그리고 관계의 적정선을 어떻게 지켜나갈 수 있을지 한참을 고민한다.

관계에서 발생하는 변수들에 매번 맷집을 키우며 살아가다가도 결국 이렇게 속상하고 금방 서운해지는 마음을 어찌해야 할까.

축하로부터 도망치며

"제대로 축하받고

제대로 위로받을 수 있기를."

때때로 우리가 이뤄낸 좋은 성과 앞에 사람들 반응이 이상하다 싶을 만큼 떨떠름할 때가 있다. 축하받을 일에 축하받지 못할 때마다 기운이 빠진다. 축하할 일을 포함해서 누군가에게 긍정적인 일이 생겼을 때 생각보다 많은 사람이 부정적인 회로를 돌리기 시작한다. '걱정'이라는 명분으로 이야기하지만, 가만히 듣고 있자면 교묘하게 초를 치고 있단 기분이 든다.

예를 들면 이런 식이다.

"제대로 된 곳 맞지?"

"요즘 세상이 흉흉해서…."

"이번에 경쟁률이 다른 때보다 낮았대."

이런 말들은 성과를 이뤄낸 사람에게 초점을 두고 이야기하는 것이 아니라 그 사람이 목표하던 이상에 초점을 두고 있다. 그 이상이 어떠한 형태의 조건이든, 깎아내리거나 의심하면서 묘한 박탈감을 준다. 그런 일을 경험하면 결국엔 타격을 입는 것은 이상이 아니라 사람이다. 앞으로는 긍정적인 일도 가까운 이에게 털어내지 못할 것 같다는 생각이 직감적으로 스친다. 목표한 이상을 얻기 위해 노력한 시간이 무색해지고 당사자 자신이 이상을 위해 조사한 자료와 정보들이 헛것이 되는 느낌까지 들어 억울하다.

'수고했다.', '축하한다.', '응원한다.', '자랑스럽다.' 어떠한 설명이나 수식어구 없이 그냥 이 담백한 문장 한마디면 되는데 그게 너무 어려운 일이라니. 제대로 축하할 수도 없고, 제대로 축하받을 수도 없는 현실이 안타깝다. 누군가는 진실한 축하를 건네지 못하고, 다른 누군가는 거짓된 축하로부터 도망치며 살고 있다.

대화 할 때 그 사람이 왜 그런 말을 하는 건지, 왜 그렇게 생각하고 입 밖으로 꺼내게 됐는지가 중요한 게 아니라 자신의 머릿속에 떠오르는 물음표와 느낌표만 냅다 지르는 이들과 함께하는 시간이 점점 지친다. 나도 누군가에게 그런 사람이 될까 봐, 그런 사람이었을까 봐 이제는 하고 싶은 말이 있어도 참게 된다. 어쩌면 참는다는 행위 자체를 하지 않아도 될 정도로 말을 하고 싶다는 생각이 들지 않는 상태가 되었다. 오히려 말해야 하는 상황이 오면 '굳이?'라는 생각을 하곤 한다.

담백한 한마디를 못 하고, 또 못 들을 것 같아서 조용한 사람으로 살아가는 일은 따분하고 어딘가 모르게 외로워 보인다. 그럼에도 내가 선택한 침묵이 오히려 나를 안전하게 만들어 준다는 사실이 조금 서글프다.

축하로부터 도망칠 때마다 생각하곤 한다.

'언제쯤 우리는 진실한 문장으로 서로를 품어줄 수 있을까.'

숫자 인생, 유랑 동경

"방랑자, 인생의 방향성에서

숫자는 큰 의미가 없는걸."

인간에게 숫자란 치명적이다.

학생 때 우스갯소리로 모의고사 등급이 나오면 자주 하던 말
이 있었다.

"우리가 가축도 아니고 이게 뭐야…."

그때 그 장난 같은 말씨가 불꽃이 될 줄 누가 알았을까. 성적
(등급, 등수, 점수), 실적, 시간, 통장 잔고, SNS 좋아요 수 등 다섯

가지만 썼을 뿐인데 압박받았던 경험이 스멀스멀 떠오른다. 결정적으로 숫자가 인간을 움직이게 한다는 것을 부정할 수 없는 사람이 되었다.

차이가 있다면 숫자가 원동력으로 사용되고 있는지, 아니면 숫자에 내가 조종당하고 있는지 그것이 문제인데 기분이 썩 달갑지 않은 것을 보니 나는 조종당하는 쪽이었던 것 같다.

"이 등급으로 네가 원하는 대학은 조금 어려울 거야."
"통장에 돈이 점점 떨어지는데 일을 다시 시작해야겠지?"
"실적이 왜 이래. 인사평가 신경 안 쓰나 봐?"
"이 시간 안에 마무리할 수 있겠어?"

이런 질문들로 시작된 일들의 결과는 좋을 때도 있었고 나쁠 때도 있었다. 더불어 숫자로 인해 내가 성장했을 때도 있었고 상처만 가득 받았을 때도 있었다. 하지만 그게 무엇이 되었든 원동력이 아니라고 생각하는 이유는 바로 여기서부터 시작된다.

이 숫자들의 물음 앞에 나는 확신이 아니라 의심이 들었기 때문이다. 숫자와 연관된 물음 앞에 나는 마침표나 느낌표의 대답도 못 했고, 그 흔한 쉼표 하나도 찍지 못했다. 그저 물음표로 대답했다.

'나 정말 괜찮을까?'

이 물음이 일말의 희망보다는 치명타에 가까웠으니 진척이 있어도 떨쳐낼 수 없는 불안함이 늘 존재했다. 숫자처럼 딱딱 떨어지는 게 인생도 아닌데 그 지배 아래 영혼을 빼앗긴 느낌이 들었다. '그래 그럴 수도 있지. 이럴 수도 있고 저럴 수도 있는 거야.'라는 마인드로 살라고 하면서 갈래로 나아가는 길 앞에서는 꼭 숫자가 우리를 옥죄어 오더라.

정처 없이 떠돌아다니는 방랑자에게 숫자는 갈래로 나아가고 나서야 두려운 존재가 된다. 이 말은 방랑자, 즉 자유 의지대로 발길을 따라 움직이는 이에게 숫자라는 건 인생의 방향을 결정짓는 데에 있어서 큰 의미가 없다는 뜻이다. 때로는 이런 삶이 부럽다. 분명 나는 움직였는데 왜 멈추어 있는가. 왜 아직 갈래로 들어서지 못하고 조종당하고 있는가. 안타깝지만 여전히 숫자는 나에게 치명적이다. 흘러가는 시간과, 내가 보유하고 있는 화폐가치와, SNS를 들락거리며 내 글을 좋아하는 사람들의 수를 보며 그 지배 아래 나는 벗어나지 못했다. 앞으로 살아가는 동안에는 숫자에서 벗어날 수 있을까? 투입이 있으면 반드시 산출이 있어야 하는 대지에 살고 있기 때문에 가장 손쉬운 '숫자'를 택하고 만다. 숫자는 확실하지만 동시에 상대성을 갖고 있기에 사람은 파르르 흔들리고 더 높은 곳을 바라본다. 이제껏 나를 조종하던 숫자, 그 속에서 가끔 나는 방랑자, 곧 유랑하는 삶을 동경하곤 한다.

자기 PR의 시대입니다

"자기 PR 세상 속 결핍,

그 누구도 탓할 수 없어."

자기 PR의 시대. 언제부터 이 말이 유행했는지 정확한 시기는 모르겠으나 여전히 떠들썩한 건 분명하다. 10대 때 대학입시를 준비하면서도 친구들과 자주 말했던 것 같다.

"자기 PR의 시대잖아. 자신감을 갖고 이야기해도 돼."

입시준비를 할 때 나를 어떻게 하면 인재감으로 보이게 할 수 있을까 하고 고민했다. 거기에서 그쳤으면 좋았을 텐데, 이제는 내가 어떻게 하면 행복하게 보일 수 있을까 하고 고민한다.

자기 PR의 남발 시대가 도래되었다는 생각을 하게 된 건 며칠 전이었다.

"나도 글에는 일가견이 있는 사람이거든. 학생 때 혼자 방에서 글을 얼마나 썼는지 아직도 집 어딘가에 있을걸? 읽은 책은 얼마나 많게 내가 지금도 쓰면 얼마든지…."

이후 이어진 말의 결론은 자신이 잘났으니 본인 말을 귀담아 들을 필요가 있다는 무용담이었다. 자신감 정도로만 가져갔다면 좋았을 것을, 자기 PR의 시대라고 해서 자신에게 심취하라는 뜻은 아니었는데 말이다. 개인적으로 자기 PR 시대가 사람을 홍보하고 때로는 가공해 상품화하는 것 같아서 좋아하는 시대는 아니지만 문득 이 정도만 인지하고 있어도 다행이라는 생각이 든다. 자기 PR을 하려면 누군가로부터 채워질 수 없는 온전한 나 자신에 포인트를 두고 밝히는 게 더 유용하지 않을까. 오히려 가진 것들을 더 내보일수록 그 사람의 결핍이 더 잘 보이는 느낌이라 어쩐지 기피하고 싶어진다. 내가 나를 잘 보여주지 않는 사람이라서 그런 것일 수도 있지만, 오픈 마인드의 적정선을 모르는 사람들에게 자기 PR의 시대는 핑계 삼기 좋은 명목이란 생각이 들었다.

나도 한때는 나를 알리기 위해 눈에 띄는 문장으로 나를 표현하기도 했고, 당차 보이기 위해 애써 힘을 주며 '안녕하십니까?'라고 인사해보기도 했다. 조금이라도 눈에 띄어야 내가 목표한 바를 거머쥘 수 있었고, 그렇게 선택되기도 했으니 말이다. 그러나 그때뿐이었다. 그 후 어딘가에 소속되면 자기 PR로 내보인 개성은 온데간데없이 '적응'에 초점을 맞췄기 때문이다. 회사에선 종종 튀는 사람보단 이곳에 어울리는 사람을 원했다. 어차피 조직 속 획일화된 인물을 원했다면 왜 우리에게 자기 PR을 요구했는지 알 수 없다. 그리고 그런 세상 속에서 반항이라도 하는 듯 틀 안에 옭아맬수록 때를 모르고 비집고 나오는 자기 PR은 어김없이 사람의 외로움과 결핍을 보여준다.

"내가 그래도 윗선들이랑 일면식이 있거든. 한 7년 전인가 일할 때 내가 그 프로젝트 팀원으로 있었어."

그들의 말을 잘 들어보면 지금이 어떻다는 말은 없다. 그저 그런 과거가 지금에서 도움이 된다는 말은 있어도 지금 자신의 모습에 대한 묘사는 없다는 뜻이다.

자기 PR이 도래한 세상 속, 도태된 사람들.

그 누구도 탓할 수 없다. 여전히 선택받기 위해 뽐내는 사람들, 선택의 권한을 가진 사람들, 자신에게 심취해있는 사람들, 비위를 맞춘다는 표현으로 살아가는 사람들. 거기에 한 번이라도 속해봤다면. 그래, 어쩌면 자기 PR의 시대에선 그 누구도 탓할 수 없는지도 모르겠다.

내면 살인

"사람이기에 미숙해.

　전쟁통 같은 우리 마음 말이야."

사람이 어디까지 공격적이고 극악무도할 수 있는지 생각해
보았다. 극악무도하려면 뻔뻔함과 이기심을 넘어서야 할까, 혹
은 감정을 아예 느낄 수 없는 상태가 되어야 하는 걸까. 그것도
아니면 인간에게 내재된 무서운 본능인 걸까.

어느 선생님께서 학생들에게 물었다.

"너희는 얼마나 많은 사람을 죽였니?"

당연히 그 교실에 있는 학생들은 사람을 죽인 적이 없었기에, 죽인 적이 없다고 답할 필요조차 느끼지 못한 듯했다. 다만 그 많은 학생 중 한 명이었던 나는 뒤이어 말씀하신 선생님의 이야기에 숨죽일 수밖에 없었다.

　"때로는 너희한테 잔소리하고 혼내는 선생님이 싫어서 '저 새×는 또 왜 저래. 진짜 죽여 버려' 이렇게 생각해 봤을 거야. 그거뿐이겠어? 나보다 공부 잘하는 사람도 싫고 괜히 신경에 거슬리고 꼴사납게 구는 사람, 이유 없이 짜증나는 사람도 있잖아. 일찍 들어와라, 공부 열심히 해라, 나쁜 애들이랑 어울리지 말아라 신경에 거슬리는 어른들. 그게 부모일지라도 마음속으로 죽였다 살렸다를 하고 있잖아."

　처음 그 말을 들었던 16살 때는 어떻게 그걸 아셨는지 덜컥 겁이 났다. 20살 때는 그 말씀을 하신 의도가 무엇이었을까 궁금했고 25살 때는 변함없이 마음속으로 사람을 죽이는 날이면 선생님의 10년 전 말씀이 떠올라 가슴팍을 쿡쿡 찔러댔다. 내가 기억하는 선생님의 모습은 우리를 혼내는 모습이 아니었다. 마치 무엇인가를 비판하고자 하는 모습이었다. 그러나 그 비판의 대상은 우리가 아니었고, 우리는 그저 가르침의 대상 같았다. 선생님의 말씀이 옳았다. 절대 겉으로 표현하거나 행동으로 옮기지는 못하지만 분명 우리는 예나 지금이나 누군가를 죽이고 있다.

때때로 '미움'이라는 감정은 '미움'으로 끝나지 않는다. 비록 시간이 지나면 '미움'이 흩어지는 것처럼 보여도 내면 어딘가에서 살인으로 끝나는 경우가 많다. 이제 와서 생각해 보니 선생님의 마음이 얼핏 이해가 된다. 아마 선생님께서도 사람을 죽이고 살리는 전쟁통 같은 마음을 겪어보지 않으셨을까. 사람이기에 그 마음이 얼마나 당연한 건지, 하지만 그 마음이 얼마나 미숙한 마음인지 알고 계셨을 거다. 첨예하게 물드는 마음을 사람으로서 이해하면서도 어린 날의 마음이 닫히지 않게 지도자로서 보듬어주고 싶지 않으셨을까.

어쩌면 지금 이 순간, 나도 글을 쓰면서 그 시절 선생님처럼 비판적인 고백을 이어나가는 것일지도 모르겠다. 부끄럽지만 나도 그대와 같은 일을 저질렀다고.
옭아매고 좀먹고. 그렇게 피폐해진 세상 속 살아남은 자는 더 쉽게 마음속으로 사람을 죽였다 살렸다를 반복한다. 우리가 발을 딛고 서있는 이곳이 그렇다.

당연한 미움, 그러나 동시에 미숙한 마음. 가끔 이곳이 거짓 투성이처럼 느껴질 때가 있다. 차라리 짜인 판이었으면 싶을 정도로.

산을 오르는 내가 우스워서

> "멀리 보자. 해내고 나면
>
> 별거 아닌 일이 될 거야."

비 온다는 말이 없었는데 비가 왔다. 아침 일찍부터 엄마와 산
에 올라가려던 참이었다. 그래도 이왕 마음먹고 나왔으니 산에
있는 사찰까지만이라도 다녀오기로 했다. 빗줄기는 더욱 굵어졌
다. 우산을 써도 내 팔 한쪽을 흥건하게 적실 정도로 비는 세차게
내리기 시작했다. 평지를 걸어갈 때는 그나마 날씨가 괜찮았는
데 본격적으로 펼쳐진 계단 앞에서 비는 더욱 거세게 내렸다.

'금방 올라갈 테니까 괜찮겠지?'

축축한 습기가 찝찝했을 뿐이지 계단길을 오르는 일은 그리 어렵지 않았다. 사찰을 둘러보고 내려오는데 문제는 그때부터 시작이었다. 이미 신발을 비롯해 온몸이 다 젖고 한 끼도 못 먹은 상태였다. 비가 그칠 줄 모르고 내린 덕에 곳곳에 물웅덩이도 생겨 있었다. 계단을 내려오다 눈에 물이 들어가서 잠시 고개를 들었는데 덜컥 겁이 났다.

'경사가 이렇게 가팔랐구나.'

고개를 들어 내려다본 밑의 풍경은 우거진 나무들과 길게 이어진 계단뿐이었다. 순간적으로 몸이 휘청거렸다. 그러고 보니 올라갈 때도, 내려갈 때도 바로 앞에 있는 계단만 보고 이동했던 모양이다. 경사진 계단을 올라갈 때는 조급해서 멀리 못 보고, 내려갈 때는 무서워서 멀리 못 보고. 다음에 밟아야 하는 계단만 보다가 숨이 차서 잠시 숨을 고르려 어깨를 펴고 고개를 들면 넓게 펼쳐진 세상이 그렇게 무서웠다.

한때는 사는 게 힘들어서 세상이 우스워 보일 때가 있었다. 가는 곳마다 나에게 많은 것을 바라면서 말 한마디로 나의 노력을 무시하는 사람들을 만났고 거친 언어로 나의 자존감을 깎아내리는 사람들을 만나왔다. 풀리지 않는 사람과의 관계와 환경 속에 처해있으면서 이 모든 것이 결국 나 때문이라는 자책에 휩싸이기까지 했다. 어디 하나 마음 기댈 곳이 없고 마음을 기대서는 안 될 것 같은 상황에 처한 나는, 나를 제외한 다른 것들이 전부 시시해 보였다. 내 아픔이 크니까, 내 마음이 지옥인데 과연 타인의 아픔을 어떻게 공감할 수 있을까, 그리고 누가 내 아픔을 공감할 수 있을까. 그렇게 사람에게 벽이 생기고 꼴사나운 세상에까지 벽을 세웠다. 진짜 너무나 우스웠던 세상이었는데, 모든 게 쓸데없는 의미 부여의 연속이라고 생각한 세상이었는데, 산 하나를 넘기 위해 계단을 오르내리는 게 그렇게 힘들더라.

계단을 내려와서 산책로에 다다랐을 때, 이번엔 내려온 등산길을 올려다보았다. 그렇게 뒤를 돌아보니 이미 무서움은 망각 속에 자취를 감춘 뒤였다. 분명 조금 전만 해도 무서웠는데 해내고 나니까 별게 아니구나 하는 안도감이 들다니.

인생은 왜 이렇게 아이러니하기만 한지, 왜 나는 알 수 없는 길에 놓인 것 같은 기분이 드는지, 다리가 점차 욱신욱신거렸다.

이제는 더 이상 높은 곳도, 낮은 곳도 바라볼 수 없을 거라고 생각했는데, 또 그렇게 살아야 할 것 같았는데. 왠지 내가 더 우스운 느낌이 들었다.

삭,
잠겨버린 마음들

안개 같은 감정 속에

"혼재된 정서를 이길 수 없다면 오늘은
받아들여 볼까. 우리."

혼재된 정서를 감당하기가 어렵다.

이건 슬픔이고 이건 기쁨이고 이건 우울이고.

사람의 감정을 획일화할 수는 없지만 말로 설명할 수 없는 안개와 같은 감정들을 마주할 때면 매우 혼란스럽다. 반대되는 감정일수록 안개는 더욱 짙어진다. 대표적인 예가 '애증'과 같은 감정이다. 감정에 따라 나오는 행동을 눈으로 직접 확인할 때면 자책하는 날도 있다. 사랑하는 날에는 한달음에 달려가서 상대를 도와주었다가 미워하는 날에는 얼굴도 보기 싫어 돌아섰다가, 들쑥날쑥한 모습에 화가 나고 회의감이 든다.

며칠 전에 한때 내가 정말 싫어하던 사람을 만났다. '네가 그러니까~'라는 비아냥대는 투로 내 화를 돋우던 사람이었다. 그런 그녀가 나에게 근황을 물어, 작가를 준비한다고 말하자 반가운 기색으로 예술을 논하기 시작했다. 자고로 예술이란 고통이며 예술인은 자기만의 고찰이 분명 있어야 한다며 나의 통찰력을 궁금해했다. 원고의 형태부터 시작해서 퇴고를 하는 과정까지, 그녀는 내 생각보다 글에 대해 열정을 가진 사람이었다. 알고 보니 그녀도 글을 써봤던 사람이었기 때문에 자신의 히스토리를 설명하려니 신이 났던 것이다. 그 사람의 이야기에는 내가 공감할 만한 이야기, 도움이 될 만한 이야기가 있었고 어느덧 나도 내가 지향하는 점들을 하나둘씩 설명하기 시작했다. 그녀에게 얻은 뜻밖의 응원이 내심 고마우면서도 싫어하던 사람의 말에 고개를 끄덕이는 내 모습에 기가 찼고 어느새 자신이 살아가는 이야기를 늘어놓는 그 사람이 왜 그리 미운지.

고마움, 우스움, 미움

그 자리에서 내가 느낀 감정들은 단순히 보면 긍정과 부정의 마음이지만 그날은 유독 그 차원을 넘어선 느낌이었다. 이것이 바로 내가 그토록 감당하기 어려워하던 안개 같은 혼재된 감정이었다. 응원으로 받아들일 수 있는 이야기들을 속으로 거부하는 내 모습을 보면서 '왜 이렇게 꼬였을까?'라는 생각이 들었다. 한편으로는 내가 그만큼 상대를 믿지 못해서 그렇다는 생각이 들기도 했다. 상처를 많이 받아서든, 실망을 많이 해서든. 그러면서도 그 사람이 하는 이야기에 혹해 속의 일부를 꺼내서 보여주는 내 모습이 간사한 것도 같았다. 그렇게 그날 나는 찜찜한 기분을 안고 집으로 돌아와야 했다.

혼재된 정서를 감당하기에는 내가 아직 덜 익었기 때문이라고 스스로 다독여보지만 얼른 해소하고 싶은 마음이 앞선다. 우울도, 슬픔도, 분노도, 다 벗어나 봤는데 혼재된 정서는 어떻게 벗어나가야 하나. 감정에 드는 감정이 참 어렵다. 고마움이 주는 가벼움, 우스움이 주는 의심, 미움이 주는 질책. 그런 것들은 어떻게 벗어던져야 하나. 복잡할수록 단순하게 가라던데 가장 단순한 길을 아직 찾지 못했다. 고마운 건 고마운 거고, 미운 건 미운 거니 마음 따라 이익에 맞게 행동하면 되지 않을까 싶다가도 그러면 내가 너무 별로인 사람이 되는 거 같아서 주저하게 된다. 애초에 이런 생각을 하게 만든 상대가 잘못한 거지 내 탓이 아니라고 하면 비겁해 보이기까지 한다. 어쨌든 혼재된 정서

앞에서 내가 고집을 부린들, 오기를 부린들 그게 과연 해소일지에 대해서도 답을 알 수가 없으니.

안갯속에서 나는 자주 길을 잃는다. 마치 내가 진 기분이 든다.

받아들여 볼까 안개 같은 감정에 내가 졌다는 것을.

인정하건대, 혼재된 정서가 나를 찾아오면 나는 매번 졌다. 지금처럼.

진한 고민에도
낭만이 흐를까

"괜찮아, 결국 확신을 잃은 지금도 낭만이었다
말할 수 있을 테니까."

한참 대학교 자퇴와 오랜 꿈의 포기 그리고 새로운 시작의
갈림길에 서서 방황을 하던 시절에 지인이 나에게 이런 말을 한
적이 있다.

「나는 진한 고민을 좋아해. 네가 하고 있는 진한 고민을 존
중하고 좋은 결정 내리기 바랄게.」

전화기를 꺼놓고 아무도 찾지 못할 곳에 숨어있었던 나에게

지인이 남긴 메시지였다. 고민 앞에 진하다는 표현이 붙을 수 있다는 것을 그때 처음으로 알았다. 되돌아보니 나는 진한 고민을 지독히도 좋아하는 사람이었다. 한 번씩 진하게 고민을 할 때면 못 봤던 것들을 볼 때도 있었고, 나름 인생의 경험치가 생기니 이 진한 고민이 개똥철학마냥 삶의 지팡이가 되어주기도 했으니까.

시간이 흐른 뒤 방황을 벗어나고 잠시 행복의 시간을 맛보다 다시 큰 시련이 왔을 때 나는 이전과 다른 생각을 하게 되었다. '진한 고민이 과연 나에게 도움이 될까?' 진한 고민을 참 좋아하지만 이렇게 고민하면 스스로를 지킬 수 있을지에 대한 의문이 생겼다. 이유 없이 온몸이 아프고 하루 종일 끙끙 앓으며 집에 오면 쓰러져 있기를 3개월간 반복했다. 그때는 아무런 고민도 필요 없었고 고민할 새도 없었다. 고민 끝에 병든 상태가 되었으니 말이다. 생각이 깊어서 마음이 병들고 몸까지 병들고 있었다는 것을 깨달은 뒤로는 진한 고민이 찾아올 때마다 눈을 질끈 감는다. 그건 아무것도 생각하고 싶지 않다는 표식이었고 지쳐 있다는 암묵이었다.

여전히 고민할 시간은 필요하며, 진한 고민은 인생에서 중요한 부분이라고 생각하지만 한 번만 생각해도 될 문제를 한 번 더 붙잡고, 이미 엎질러진 물을 모아 담으려 한다면 문제는 심각해진다는 걸 잘 안다. 이런 과정이 우리를 더 갉아먹고 자신을 제대로 돌보지 못하게 한다는 것도. 다시 말해, 이것은 스스로를 지키지 못한다는 뜻이기도 하다. 하여, 진한 고민이 물밀듯 나를 삼켜버리지 않았으면 하는 바람으로, 아무 생각 없이 살면 우울하기만 한 세상이 조금 달리 보이지 않을지 기대를 품어도 보고, 동경하고 있기도 하다. 아직 그 방식대로 삶을 살아보지 못해서 안일한 생각으로 감히 동경을 품은 것일 수도 있지만.

진한 고민의 시간이 분명 좋은 점도 있겠지만 힘든 시기가 찾아오면 어김없이 내 방 안에서 사색을 시작하는 게 점점 두려워진다. 진한 고민이 나를 삼켜버리면 다시 확신을 잃고 자신을 잃어버릴까 봐. 물론 그 끝에 자신을 찾게 된다면 확신을 잃어버린 과정마저 낭만이라 말해볼 텐데….

과연 오늘날 우리의 진한 고민에도 낭만이 흐를까.
과연 사색적이라는 말끝에 우리는 낭만을 느낄 수 있을까.

어떤 말로도
채울 수 없는 밤

"고된 하루를 보내고도 쉽게 잠들 수 없는
밤이 있지."

취업을 준비하는 친구가 불면증에 시달린다는 소식을 들었
다. 걱정 어린 문자를 보내려던 중 곧바로 이어오는 친구의 답
변에 자판을 치던 나는 멈칫했다.

"근데 내일을 기대하면서 잠든 게 언제인지 모르겠어."

생각해 보면 나도 요 근래 그랬던 것 같다. 내일을 기대하며
잠든 적이 언제였더라. 쳇바퀴를 돌듯 반복되는 일상에 내일이

란 그저 평범한 날일 뿐, 설렘이나 희망을 느낄 새가 없었다. 그저 잘 시간이 되어서 그리고 일어날 시간이 되어서 맞이하는 아침일 뿐, 내일은 내일의 해가 뜬다는 말은 오늘에 충실한 사람들에게 진부한 이야기가 되어버린 지 오래다. 불편한 마음으로 잠든 날은 또 얼마나 많았을까? 밀린 업무를 걱정하느라, 오늘의 실수를 생각하느라, 복잡한 인간관계를 머릿속으로 풀어내느라, 외웠던 정보들을 잊어버리지 않으려고 다시 정리하느라 누워도 찜찜했던 날들이 스쳐 지나갔다.

이렇게 잠들다 보면 활기찬 내일이란 없다. 그저 어제와 똑같은 오늘과 오늘보다 더할 내일만 있다. 똑같은 하루를 사는데도 괜스레 세상이란 녀석에 나라는 사람이 안 어울리는 느낌이 들 정도로 쉬운 날이 없다.

불면증에 좋은 음식을 찾아볼까? 불면증을 떨쳐내기 위한 생활 방식을 찾아볼까? 이런저런 고민을 해봤지만 별 소용이 없었고 근본적으로 친구의 불면증이 해결될 문제는 아닌 듯했다. 잠을 자기 위해 노력까지 하라는 말을 덧붙였다간 잠깐 오는 졸음마저 달아날지도 모른다. 그날 밤 불면증을 앓고 있던 친구는 날을 새웠다. 깜깜했던 어둠이 밝게 변하는 모습을 지켜

봤고, 새벽에 부는 바람에 흔들리는 창의 소리를 들었으며 아침이 되자 짹짹거리는 참새 소리가 들리더니 어린이집에 등원하는 동네 아이들의 목소리까지 들었다고 했다.

불면증을 앓고 있는 그녀에게 새벽은 참 고단해 보였다. 까마득해지는 것들을 지켜보며 무슨 생각을 했을까. 주변인들이 모두 잠든 그 새벽에 그녀는 어떤 기분이 들었을까. 물어보고 싶은 게 많았지만 며칠째 못 자서였는지 그녀는 오랜 시간 연락이 없었다.

고된 하루를 보내놓고도 쉽게 잠들 수 없는 밤이 있다. 그런 밤이 찾아올 때면 유독 방 안 시계의 초침 소리가 더 크게 들린다. 눈을 살짝 뜨고 소리가 나는 방향을 바라보면 어느덧 오늘은 다 지나가고 내일이라 부른 날이 오늘이 되어있다.

쉽지 않은 오늘을 보낸 당신과 더 쉽지 않은 내일을 보낼 당신에게 어떤 마음이 가장 애틋할지, 그 마음을 찾고 있는 중이다. 그 마음을 찾아 애틋하게 토닥여주면 편안한 밤을 맞이할 수 있을 것 같아서 그럴듯한 말을 찾고 있다.

죽고 싶다는
보편이 찾아오면

"우리는 어떤 방법으로든, 어떤 모습으로든
다시 현실로 돌아가야 해."

나중에 내 집을 마련하게 되면 마당에 흔들의자를 꼭 설치할 거라고 말한 적이 있었다. 그리고 그 흔들의자 앞에는 꼭 여러 그루의 나무를 심고 싶다고 했다. 혹여나 나무들이 저 건너편 도로가 보이는 시야를 막아도 괜찮으니, 시원스레 속삭일 수 있는 자연이 눈에 보였으면 좋겠다고 생각했다.

지금 나는 나의 상상을 현실로 실현시켜 놓은 듯한 곳에 와 있다. 마당쯤으로 보이는 곳에 흔들의자가 있고 살짝 젖은 흙길에는 내 키의 5배만 한 나무들이 펼쳐져 있다. 방금 전에는 포메라니안 두 마리가 꼬리를 흔들며 지나갔다. 짧은 삶을 영위하는 하루살이는 옅은 날갯짓을 하다가 내 신에 걸터앉는다. 깊은 한숨을 두어 번 쉬어본다. 그러다 발을 딛고 흔들의자도 몇 번 흔들어 본다.

그래 이렇게 바람을 쐬는 정도면 살아갈 힘이 생길까.

'사람은 살아가면서 한 번쯤은 죽고 싶다는 생각을 한다.'

이 문장을 너무 어렸을 때부터 들었다. 아마도 그건 스스로 생을 지는 죽음이 만연한 사회 앞에 건넬 수 있는 위로였고, 가르침이었고, 부끄러움이었다. 중학생 때 학교에서 정기적으로 전교생의 심리상태에 대한 설문조사를 했었는데 죽음을 생각해 본 적이 있냐는 물음에 없어도 '아니요', 있어도 '아니요'라고 답하는 게 일종의 학생들 사이의 심리전이었다. 죽고 싶다는 생각을 보편적인 것으로 결부시켜 당연한 위로를 건네지만 왠지 그 '보편'에 끼었다가는 이상한 사람이 될 것 같았다. 맞다. 살아가면서 단 한 번이라도 죽고 싶다는 생각을 안 했다면 그건 거짓말일 거다. 어쩌면 우리의 거짓말은 설문조사를 했던 그 시절부터 시작되었고, 지금도 누군가의 거짓말은 현재진행형일지도 모른다.

성인이 되고 난 뒤에 가끔 사는 게 버거워질 때면 흔들의자를 찾아가 숨을 고른다. 주변의 흙과 풀 내음이 코를 찌른다. 답답해서 몸과 마음이 말을 듣지 않을 때 아무런 형상도 그리지 않고, 아무런 소리도 듣지 않고, 아무런 감각도 없이 그렇게 몇 번만 더 숨을 고르곤 한다. 물론 언제나 모든 것은 그대로다. 어두운 마음이 남아있어도 언제 그랬냐는 듯 웃음을 팔고/ 혼자 안정을 취하며 잠시 잠깐 고요했다가/ 다시 폭풍같이 삶을 휩쓸어버리고/ 폭풍 속에 잠겨 질식하고야 말 것 같다는 느낌이 들면 내 안의 모든 것들을 토해내고/ 토하고 토해내도 모자라다면 현실을 잠시 망각할 수 있는 상상 속으로 빠져드는 일마저 그대로다.

그대로인 모든 것들을 피해, 흔들의자에 앉아 나무를 바라본다. 행복이 찾아오면 동시에 불행도 찾아오는 일, 누군가가 내 행복만 방해하고 있다는 그 느낌이 가슴 한편에 남아있지만 우리는 어떤 방법으로든, 어떤 모습으로든 다시 현실로 돌아가야 한다. 그렇게 돌아가서 살아보겠다고 잔뜩 오기를 부리다 견딜 수 없을 때, 다시 이곳에 찾아와 여전히 그대로인 것들을 붙잡고서 흔들의자에 앉을 테다.

발을 딛고 한 번 더 흔들의자를 움직여본다.

우리는 어떻게든 살아보고자 다시 돌아가야 할 테니까.

감히 신이 되어보고 싶다는

"부단히도 살고 싶었다는 것을 알고 있어."

인생을 살고 싶은데 왜 사는지 모르겠다는 친구의 말에 덜컥 겁이 났다. 너무나 공감되는 이야기라서, 그동안 살아온 나의 존재가 어디론가 흩어져 버리는 느낌이었다. 존재는 그냥 존재였을 뿐 삶이라는 것이 심지 없는 양초의 불 같았다. 가끔 우리는 스스로의 존재 이유를 잃어버린다. 어쩌면 애초에 갖지 못한 존재의 이유를 잃어버렸다고 표현하는 것이 모순일 수도 있겠다.

존재 이유를 모르는 우리는 올지 안 올지도 모르는 다음 생을 운운하며 우스갯소리를 펼쳐놓기 시작했다.

"나 다음 생에는 부잣집 고양이로 태어날래."

"나는 돌멩이."

"나는 그냥 지금처럼 사람으로….."

그 와중에 나는 쉽게 입이 떨어지지 않았다. 몇 개월 전만 해도 다시 태어나도 나로 태어나고 싶다던 그 사람은 어디 있는지, 결국 고민 끝에 안 태어나고 싶다고 말했다. 대신 사후세계가 존재한다면 신이 되고 싶다는 엉뚱한 말을 뱉어냈다. 이승에서 이런저런 고생을 하면서 인간으로 사느니 혹시 있을지도 모르는 제3의 영역에서 '신'이라 불리는 절대 권력의 자리에 앉고 싶다고 했다. 다음 생에는 이미 태어난 사람들의 가슴 아픈 이야기를 들어주는 마음 약한 신이 되어 사랑하는 사람을 잃은 사람이 덜 울부짖고, 상처를 입은 사람이 쓰러지지 않고, 기계처럼 살아가는 사람이 시계를 보면서 불안해하지 않게 만들어주고 싶다.

그러니까 내 말은… 신이 있다면 사랑하는 것을 잃고 상처를 입고 또 기계처럼 하루하루를 살아가는 나를 도와주셨으면 좋겠다는 말이다. 먼 훗날 내가 있는 그곳에 누군가가 나에게 다음 생의 기회를 주신다면 감히 신이 되고 싶다고 간청할 것이다. 아주 멀리 다음 생을 살고 있을 우리 가족들과 소중한 인연들을 위해, 가슴 아픈 일들을 다시 겪어내기에는 나약하고 용기 없는 나를 위해.

나 역시도 자주, 인생을 살고 있는데 사는 이유는 모르겠다. 내가 왜 살고 있는지, 이 땅에 왜 존재하고 있는지. 겨우겨우 남들이 찾아낸 답을 보아도 그 안에 진정한 자신이란 없었다. 의사는 사람을 살리기 위해, 변호사는 법으로 사람들을 지켜주기 위해 등 갖가지 이유들이 있지만 내가 갖고 있는 것들을 제외하고 오로지 '나'에 대해 고찰하자면 무슨 답을 내릴 수 있을까.

오늘도 우리는 심지 없이 불타오르고 있다. 얕은 바람에 불길이 휘청거리고 내리는 비에 불씨가 작아지지만 여전히 타오르고 있다. 심지 없이 그렇게 산다. 달리 보면 그럼에도 산다. 초는 녹아 흘러 촛농이 되고 촛농은 눈물처럼 뚝뚝 떨어진다. 그렇게 심지 없이 불타오르는 생을 살며 신을 원망했다가, 신에게 도와달라고 용서를 구하고 이제는 신이 되겠다고 다짐하니, 어리석은 사람이지만 부단히도 살고 싶었다는 것을, 존재의 이유를 찾고 싶었다는 것을 안다.

새벽에 본 눈동자

"나만 깨어있었던 게 아니라는 사실

하나만으로 위로가 돼."

오전 2시 7분 캄캄한 새벽, 무작정 집을 나와 공원을 한 바퀴 돌고 카페로 왔다. 카페에 앉아서 노트북을 켜고 이것저것 서류를 살펴봤다. 어둠이 가득한 시간, 새벽부터 부지런한 사람들이 많이 보인다. 조금 전 카페로 향하던 중 부스럭거리는 소리에 고개를 돌렸더니 그곳에 한 어르신이 계셨다. 벌써 리어카에 절반 이상을 채운 폐지가 보였고 어르신은 상가 뒤편에서 계속 박스를 정리하고 계셨다.

근처에 24시 카페가 별로 없어서 그랬는지 카페 안에는 10명이 넘는 사람들이 책을 보고 노트북을 보며 각자의 일에 열중하고 있었다. 노트북 사용 자리가 겨우 한 자리 남아 그곳에 자리를 잡았다. 평소 같았으면 내가 잠들어 있을 시간, 생각지 못하게 보이지 않았던 것들을 보니 마치 다른 세상에 와있는 것 같았다. 어둠 속에서 보이는 모습들이 너무나 선명해서 몇 년이 지난 지금도 그날을 생생히 기억한다.

　그날 새벽 시간에 깨어있던 눈동자들은 해가 뜨면 눈을 감을 수 있었을까?

　열심히 사는 게 전부라고 생각했던 적이 있었다. 그러나 가끔, 아주 가끔 너무 불공평하다는 생각이 든다. 잠을 줄여가며 살아도 잠자고 있을 누군가보다 편히 살 수 없을 때가 많지 않나. 그날 새벽 2시 나는 슬픈 눈을 한 사람들을 많이 마주쳤다. 언젠가 나는 슬픈 눈을 한 사람을 보고 묘한 동질감을 느꼈던 적이 있었다. 좋은 이야기를 많이 해주어도 배불러 보이지 않는 사람이었다. 왠지 모를 슬픈 눈 때문에 아주 짧은 순간 나는 이 사람의 말만큼은 믿어도 된다고 생각했다.

눈을 마음의 창이라고 믿으며 사는 나로서는 그 사람의 눈이 모든 것을 말해주는 것 같았다. 상대가 자신감에 차있는지, 나를 자신보다 아래로 여기는지, 나를 사랑하고 있는지, 슬픈지 기쁜지 눈을 보면 안다. 때로는 자신감에 차있는 총명한 눈보다 깊은 어둠 속에서 밝진 않지만 서글픈 눈을 한 사람의 말이 더 큰 위안이 된다. 그가 보여준 서글픈 눈이 그날의 나와 내 눈빛과 닮아있어서 더욱더 그랬다.

집을 나와 무작정 걷던 새벽 2시에 본 수많은 눈동자 역시 나와 닮아있었다. 다시 묘한 동질감이 차오르면서 졸음이 달아났다. 이상하게도 그날 새벽이 나에게 큰 위로가 되었다. 깨어 있는 수많은 눈동자, 그 새벽에 나만 깨어있었던 게 아니라는 사실 하나만으로.

고요히, 또 아득히

"고요 속에서 우리는 제법 아름답고

안녕할지도 몰라."

 나는 고요함을 좋아한다. 그래서 집 안에서도 TV를 잘 켜지 않는다. 나는 집 안에서도 내 방에 있는 것을 좋아한다. 가장 고요하기 때문이다. 내 방이 현관과 가장 가까워서 윗집, 아랫집 이웃들이 계단을 오르내리는 소리나 도어록을 누르고 문을 열고 닫는 소리가 들린다. 그런 소리가 들리는 이유는 그만큼 내 공간이 조용하다는 뜻이기도 하다. 물론 가끔 집 밖에서 들리는 소리에 불편함을 느끼는 순간도 있다. 동네 사람들이 싸우는 소리라든지, 이른 아침 강아지가 짖는 소리라든지, 새벽에 들

리는 고성방가라든지. 가장 고요한 순간에 많은 소리를 듣기도
한다.

초등학생 시절, 담임 선생님께서 이런 이야기를 해주셨다.

"고등학생 때 말이야, 쉬는 시간에 팔을 베고 엎드려서 잠이
들려고 하는데 딱 잠들기 직전 세상에 아무 소리도 들리지 않는
고요함이 느껴지는 순간이 있었어. 그때 창가로 선선하게 바람
이 부는데 커튼이 살랑거리더라고."

그 시절 선생님의 이야기를 들었을 때 머릿속으로 그려본 풍
경은 제법 아름답고 싱그러웠다. 어렸을 적 선생님이 들려주신
이야기 덕분인지 잠들기 직전 몽롱한 의식이 남아 고요함을 느
낄 수 있는 상태가 되면 종종 평온함을 느끼곤 한다. 아득해지
는 정신을 애써 붙잡지 않아도 되는 그 순간이 어찌 그리 편안
한지. 그렇게 고요한 순간이 왔을 때 나는 나도 모르게 말을 되
뇐다.

'아무 소리도 들리지 않은 이곳에서 나는 편안하리, 편안하리.'

고요할 때 더 많은 소리를 듣기도 하지만 그곳에 아득함까지 더해진다면 나만의 공간을 만들 수 있다.

누구나 자신이 좋아하는 방식으로, 자신이 좋아하는 감성으로 삶을 꾸려나가고 싶을 테지만 현실은 언제나 고달픈 법이다. 내가 고요함을 이리도 좋아하지만 잡음이 끊이지 않는 복잡한 세상에서 살아가는 것처럼.

그러나 그다지 멀지 않은 곳에 우리가 도달할 미지의 공간이 있다는 것을 기억한다. 20년 전 고등학생이었던 선생님께서, 그리고 어제의 내가 고요함과 아득함 속으로 빠져들었던 것처럼 도달할 그곳에서 우리는 제법 아름답고 안녕할지도 모른다.

가끔 머리가 아파지면 습관적으로 가장 고요한 곳을 찾는다. 그리고 그곳에서 아득함을 더하여 정신 속 기름을 쫙 빼버린다.

편안하기를 되뇌며 말이다.

그렇게 나는 가끔 안녕하다.

초승달,

part. 2

회복하는 마음들

회복하기 위해

"사람은 부정당하지 않을 때 나와 그 곁을 사랑
할 수 있어."

한때 목표가 '회복'이었던 적이 있다.

회복: 원래의 상태로 돌아가거나 원래의 상태를 되찾음.(표준국어대사전)

한 해의 목표를 회복이라는 두 글자로 정해놓고서 단어의 뜻
을 보니까 그동안 내가 왜 회복할 수 없었는지 이유를 알게 되
었다.

'원래'의 본인 모습을 잘 몰랐다. 우울하고 슬프고 부정적인

모습이 나에게 존재하듯 사람이라면 누구나 어두운 모습 하나쯤은 가지고 산다. 그러나 마치 이전에는 어두운 모습이 없었던 것처럼 회복을 논하니, 원래의 상태로 돌아간다는 방향성 자체를 잘못 짚은 것 같았다.

나는 단지 타인보다 어두운 면을 더 잘 보고 긍정적인 방향보다는 부정적인 방향을 많이 생각해 보는 사람이었을 뿐이다. 그저 그 속에서 사는 법을 배워가고 있었고 때로는 마음을 다잡으며 살아서 어른스러워 보였을 것이다. 이 부분을 곱씹으면서 깨달았다. 내가 돌아가야 할 '원래'의 내 모습은 밝고 긍정적인 모습이 아니라는 것을. 그저 상처를 받거나 지치고 힘들 때, 자포자기하며 주저앉아 울고 싶을 때마다 내 스스로를 괜찮은 사람이라고 위로해 주고 마음을 붙잡았던 내가 '원래의 상태', 그러니까 회복해야 되는 모습이었던 거다.

어떻게 살아가는 나날이 안 힘들 수 있을까. 상황과 환경을 자신의 입맛대로 바꿀 수도 없는 사람들이 있기에 '극복' 혹은 '회복'이란 단어가 존재할 테다. 사람마다 가진 성향과 상황이 각자를 옥죄어오고 판을 치는 세상에서 나는 가라앉기로 작정하고 마음을 붙잡지 않았다. 망가진 나의 모습은 그랬다.

'붙잡아야지. 이렇게 살지 말아야지. 괜찮아야 해, 다잡을 수 있어.'

이렇게 되뇐다고 해서 마음이 붙잡히는 건 아니다. 자세히 들여다보면 되뇌는 말의 저변에는 모든 걸 부정해버리는 모순이 깔려있기에 마음을 억누를 수는 있어도 붙잡을 수는 없다. 인정하는 것. 힘들었으면 힘들었구나, 속이 상했으면 속이 상했구나, 화가 났으면 화가 났구나. 알아주는 것. 내가 나를 인정하고 알아주는 게 필요하다. 사람은 부정당하지 않을 때 나와 그 곁을 사랑할 수 있다.

오늘, 내가 인정해야 하는 것은 무엇이 있을까?

오늘 내 감정은 몹시 힘들고 괴롭고 짜증이 났다. 회복하려고 마음먹었는데 하필이면 이 시점에 하고 있던 일이 꼬였고 잘못하지 않은 일에 억울하게 사과를 요구받았다. 주변 타인들까지 나를 가만히 두지 않고 세상에서 자신들이 가장 불행한 것처럼 이야기보따리를 풀어놓았다. 그래서 나는 지쳐버린 상태를 회복하지 못할 것 같다고 좌절했으며 타이밍마저 따라주지 않는다고 생각했다. 그러나 나는 이런 괜찮지 않은 마음을 나열하고 그대로 인정하는 것이야말로 회복의 첫걸음이라고 믿었다.

어김없이 찾아온 이 괴로운 상황과 타이밍을 인정한 덕분에 나는 회복할 수 있겠구나. 돌아갈 구석이 있겠구나 하고 말이다.

인정하고 믿었다.

오늘은 원래의 나처럼 다행히도 마음이 붙잡혔다. 그렇게 회복의 길로 나아간다.

위로의 질문: 너여서

"우리가 가진 그 모든 것들을 끌어안고
저 끝까지 닿아도 괜찮아."

"네가 들어본 말들 중에 가장 위로가 되는 말이 뭐였어?"

위로를 잘 못하는 내가 사람들은 타인을 어떻게 위로해 주는
지 진심으로 궁금해서 물어본 질문이었다. 나의 질문이 끝나자
마자 상대방이 울기 시작했다. 자신이 받아본 가장 따뜻한 위로
가 떠오른 걸까. 왜 우는지 물어봤더니 질문이 따뜻해서 운단다.
한동안 말이 없던 친구는 질문에 대한 답을 찾았다며 말했다.

「너라는 사람을 알게 돼서 참 다행이야. 고마워.」

이 말이 가장 큰 위로가 되었다고 한다. 나에게도 위로가 된 말이 무엇이었는지 물어보는데 체감상 상대의 답변보다 내가 답변하기까지의 시간이 더 오래 걸린 것 같다. 곰곰이 생각해도 떠오르지가 않아서 오래전 과거의 기억까지 더듬어야 했다. 그 제야 어디선가 들어본 듯한 음성이 떠올랐다.

「너여서, 너라서」

별것 아닌 이 말이 크게 위로가 됐었다. 앞선 친구의 답변과 겉보기엔 큰 차이가 없었다. 덕분에 부연적인 속뜻을 해석해야 했다. 우리, 살면서 인정받기 어려웠구나, 하고. 타인에게 인정을 받아도 그 대상이 온전한 나일 수는 없었다. 사람 ○○○이 아니라, 대리 ○○○, 학생 ○○○, 과장 ○○○. 우리에게 부여된 자격만이 인정받아 왔다. 문제는 자격 앞에 가면을 쓰고 사는 일이 어렵지 않다는 거다. 한 번의 미소, 한 번의 인내, 한 번의 친절함, 한 번의 능숙함쯤은 쉽게 장착할 수 있다.

너 자체로서 소중하다는 뻔한 말 대신 '너여서'라는 그 말은 곧 내 자체가 존중받는 말처럼 느껴져서 귀한 안식과 뿌듯함이 된다. 물론 나의 세계는 변함이 없다. 사람이 많은 공간보다 소수의 사람과 조용히 이야기를 나눌 수 있는 공간을 좋아하고, 달달한 간식은 좋아하지만 달달하게 조리된 음식은 싫어한다. 겁이 많아서 놀이기구는 못 타지만 소풍 가는 기분을 좋아하고, 현관문 소리에 자주 깜짝 놀란다. 이처럼 내가 살고 있는 세계는 무수히 많은 특성 점의 연결고리가 개연적으로 작용한다. 그런 나에게 '너여서'라는 말은 곧 '너의 세계가 어떻든 그냥 나는 너라서'라는 의미로 받아들여진다. 그러다 불쑥 용기가 생긴다.

'그래. 나니까. 내가 가진 그 모든 것이 복잡하든, 보잘것없든 나는 그 세계를 끌어안고 저 끝까지 닿아도 괜찮아. 그래도 돼.'

'너여서'라는 세 글자가 결국 다시 한번 나의 세계를 끌어안고 일어설 수 있는 위로가 되었다.

나는 조금 더 자주 스스로와 주변에게 물어봐 주고 싶다. 그대들이 들어본 말 중에 가장 큰 위로가 되는 말이 무엇이었는지. 혹시 알까. 불현듯 떠오른 위로의 말로 다시 일어설 수 있는 용기를 얻을지. 그 질문만으로도 위로를 얻을지.

홀수 인생

"때로는 홀수가 가장 완전하니까."

나를 포함해서 3명이 함께하는 무리가 있다.

중학생 때부터 알고 지낸 친구들이었는데 성인이 되고 나서는 술친구로 지내고 있다.

친구들과 함께하면서 주변 사람들로부터 짝을 지어야 하는 상황이 오면 어떻게 하는 편이냐는 질문을 많이 받았다. 세 명다 혼자인 걸 어려워하지 않아서 사실 '짝'에 대해서 고민해 본적이 없었다. 버스 좌석을 정하거나 여행 중 숙소에 침대가 두개뿐일 때에도 오히려 혼자가 되겠다고 아옹다옹하는 모습을 보일 정도였으니 말이다.

그러면서도 셋일 때 시너지를 낼 줄 아는, 각자의 색이 뚜렷하지만 조화롭게 살 줄도 아는 우리였기에, 우린 홀수였어도 충분한 사이였다.

그런 친구들에게 나는 뒤늦게 한 가지 고백을 했다. 당시 아버지가 투병 중이라는 사실을 알렸다. 심지어 간호사인 친구가 근무하는 병원에 아버지가 내원하고 계셨음에도 2년이 된 시점에야 나는 아버지가 편찮으시다는 사실을 이야기했다.

그 사실을 알리는데 눈물이 나지 않았다. 최고라고는 말할 수 없어도 나는 아빠한테 자랑스러운 딸이었기에 후회되는 일은 없다고, 그런 나를 아빠도 걱정하지 않는다고 말하는, 너무나 담담하고 당찬 나의 모습에 친구들이 어떤 생각을 했을지 모르겠다. 2년 동안 아무런 티를 안 냈기 때문에 듣는 입장에서는 많이 놀랐을 텐데, 그들은 나에게 괜찮은지 물어보지 않았다.

그 와중에 그게 안심이 되고 고마웠다.

내가 노력하고 열심히 살아가는 것은 나에게 처한 환경이나 불운에 의한 것이 아닌 오로지 나를 위한 일임을 마음속에 새기며 사는 나에게 타인의 걱정은 때론 동정이고 부담이었다.

사람들은 자신을 위한 위로를 많이 한다. 분명 타인에게 건네는 위로임에도 불구하고 결국 자신이 하고 싶은 말을 한다. 고르고 골라 한 말일지라도 결국 화자의 선택에 의해 건넬 위로가 결정된다. 그래서 때로는 홀로 이겨내는 힘이 참 중요하다.

친구들의 눈에 살짝 눈물이 고이는 걸 봤다. 하염없이 시선을 밑으로 떨군 채 고개를 끄덕이는 것도 봤다. 아무 말도 할 수 없었던 건지, 안 했던 건지 물어보진 않았어도 그 마음이 어렴풋이 느껴졌다. 그리고 그날 우리는 아무렇지 않게 웃으며 헤어졌다.

홀로 선다는 것은 그런 것 같다.

지독히도 외롭고 힘들고 쓸쓸해서 온 힘을 다해야 하는 것.

그리고 그 시기를 지나온 사람에게 타인의 걱정은 더 이상 별 힘이 없다는 것.

하나도 홀수고 셋도 홀수다. 짝이 있어야 완전한 게 아닌 것처럼, 나 하나 우리 셋은 홀수가 두렵지 않다. 앞으로 어떤 것을 얻고 어떤 것을 잃으며 살아갈 인생일지는 장담할 수 없지만 나에게 '1'은 가장 완전한 숫자다.

나는 억울했다

> "지금 아픈 이 시간을 억울해할 정도로 우리의
> 시간은 소중해."

"힘들게 살면 억울하잖아."

가슴을 후벼 파는 말이었다. 신선했고 강렬했다. 힘이 드는
도중에는 힘이 드느라 그게 억울한 건지도 몰랐다. 한 번뿐인
인생 즐겁고 행복하게 살자며 수도 없이 떠들어대지만 정작 힘
들 때는 힘듦에 취해 아무것도 들리지 않았다. 가슴팍에 꽉 막
힌 갑갑한 무엇인가가 '억울함'이라는 것을 알게 된 건 우연히
지나가다 들린 저 문장 덕분이었다.

나는 얼마나 많은 억울함을 미화하며 살아온 것일까?

이 아픔이 지나가면 내가 더 강해지겠지. 조금만 버티면 나는 더 괜찮은 사람이 되어있겠지. 지금의 나는 힘들어도 미래의 나는 성장해있겠지. 웃고 있겠지.

현재보다 미래를 생각하면서도 결국 과거에 얽매여 있는 일이란 지독한 굴레와도 같았다. 내 성격의 굴레. 그 굴레 덕분에 시원한 통찰력과 조심성을 동시에 얻었으니 만족스러울 때도 있었다. 그러나 그 굴레로 인해 씁쓸하고 서글픈 감정을 느껴야 할 때도 있었다. 씁쓸하고 서글펐던 지난날에 힘들게 살면 억울하지 않냐는 말을 들었다면, 지금과 달리 나는 그 말의 의도에 대해 온갖 의미를 추측해내며 부정의 길로 치달았을 것이다.

실제로 저 문장을 들은 이의 표정도 그랬다. 짧은 순간 얼굴이 굳어지더니 순식간에 폭풍을 만난 듯했다. 다른 사람들은 다 행복하게, 편안하게 사는데 같은 세상을 사는 너는 왜 힘들게 살아야 되냐고, 왜 그리 복잡하게 사냐고. 그런 꾸짖음과 안타까움이 담긴 문장이라고 생각했던 걸까? 이렇게 상대적인 문장 속에 담긴 위로는 누구를 위로하는 것인지 물어보고 싶은 표정이었다. 화자는 청자에게 지금 이 시간을 행복하게 살아가도 된다고, 넌 편안할 자격이 있는 사람이라고 말해주기 위함이었겠지만 청자는 그런 의미로 받아들이지 못했다. 저 말을 듣는 사람이 현재 마음이 너무 아픈 사람이라면 모를 확률이 클 법도 하다. 어떤 의도든, 무엇을 내포하고 있든 결국 자신의 아픔이 가장 큰 법이니까.

그의 짧은 표정에서 내 과거가 스치기 시작했다. 말을 있는 그대로 이해하고, 상대의 표정을 그대로 바라보는 일이 과거의 나한테는 쉬운 일이 아니었다. 사람은 각자가 살아온, 혹은 현재 처해있는 데이터를 통해 상황을 해석하기 마련이다. 내 마음이 편안하고 여유가 있어야 타인을 받아들일 수 있는 건데 꽤 퍽퍽한 인생이니 무엇이든 그대로 보는 일이 쉬울 리가 없었다. 그저 시간이 지나 되돌아보건대, 내가 행해온 '추측'은 내 마음이 불편하고 불안하다는 뜻이라는 것을 깨달았을 뿐이다. 있는 그대로 받아들이지 못하고 생각의 그물망이 처질 때면 이제는 내 마음부터 살핀다.

"힘들게 살면 억울하잖아."

그래, 이제는 솔직하게 받아들일 수 있다. 나는 한때 억울했다. 힘들게 살면 억울하다는 걱정 어린 목소리에도 짧은 순간

표정이 일그러질 만큼 나 역시도 아팠던 때가 있었다. 그러나 나의 표정을 일그러트린 말로 다시 보상받는 순간이 반드시 찾아온다. 억울했다는 말이 신선하게 다가왔다는 것은 내가 아픔에 취해있는 상태를 벗어났다는 것을 깨닫게 해준 첫 시작점이었다. 조금은 다행스러웠다. 위로를 위로로 받아들일 수 있는 여유가 생겨 억울한 시간을 보듬어준 것이니까. 그대가 어떤 아픔을 겪고 있고, 어떤 어려움에 접해있는지 자세히 알 수는 없지만 잘 이겨내고 난 뒤에 저 문장으로 다시 보상받았으면 좋겠다. 억울한 시기는 끝났다는 종소리와 함께 신선한 울림이 된 나의 오늘처럼. 지금 아픈 이 시간을 억울해할 정도로 당신의 시간은 소중하다. 그러니 꼭 그만큼 행복해졌으면 좋겠다.

오이 같은 타인

"누군가를 있는 그대로 보면서 덜 상처
받았으면 좋겠어."

"나는 지는 게 이기는 거라는 말이 무슨 말인지 이해가 안 됐
는데 인간관계에 회의감을 느끼면서 그 말을 이해하게 됐어. 지
는 게 지려고 지는 게 아니라 마음을 놔서 포기한다는 의미더라
고…. 그렇다고 멀어지는 게 아니라 포기 상태로 이어가는 거.
더도 말고 덜도 말고 딱 그 상태, 그 마음으로 그대로 두는 게
지는 거더라. 멀어져서 아파할 이유도, 가까워서 감정 소비할
이유도 없는 그 상태가 지는 거더라고. 그래서 지는 게 이기는
거라고 하나 봐."

홀가분해졌다. 이 사실을 깨닫고 나서 인간관계의 회의가
다 씻기는 듯한 기분이 들었다. 그동안 내가 얼마나 많은 것들
을 부여잡고 있었는지 홀가분해진 뒤에야 알게 됐다. 사람에 대
한 기대가 없으면 실망할 일도 없다. 인간관계에서 진다는 것은
어쩌면 일말의 기대마저 내려놓는 일일지도 모르겠다. 남들보
다 적게 상처 주고 적게 상처받자고 다짐하며 나로서 충분히 고
결하고 아름답게 살아가기를 바랐다. 정의 내릴 수 없는 것들을
정의 내리지 말고, 이해되지 않은 것들은 이해하지 말고. 애써
부정을 긍정으로 만들며 나를 잃을 필요는 없다고 다독였다. 다
정한 다독임보다는 독한 다독임이었다.

인간관계에 스트레스를 받을 때마다 어떻게 해야 되냐는 물
음에 나는 독한 다독임을 기억하며 한 글자 한 글자를 무겁게
토해낸다.

그 사람을 있는 그대로 보자고. 오이가 길쭉한 모양이라는
걸 당연하게 받아들이듯이 이해라는 개념보다는 보이는 그대
로를 보고 내 욕심대로 기대하지 말자고. 그리고 '타인'은 말 그
대로 나와 다른 사람이며 절대로 그 사람은 우리가 허락하지 않
는 한 우리에게 상처 줄 수 없다고. 물론, 언제나 내가 또 우리

가 옳다고 할 수는 없다. 나 역시도 남에게는 오이 같은 타인일 테니까. 모난 구석 하나 없는 사람이 어디 있을까. 결국 너도 부족하고 나도 부족하고 다 부족한 존재들인데 그런 사람들이 섞여 사는 세상이라 상식과 예의 개념이 존재하는 것뿐이라고. 그럼에도 혹여 사람으로 인해서 아픈 순간이 온다면 차라리 깊게 아파하고 털어낼 수 있기를. 밑바닥을 치면 내 깊이의 모든 것을 볼 수 있다. 누군가는 선입견 때문에 시야가 좁아진다던데, 오히려 그 시간들이 더 많은 것들을 품을 수 있게 도와줄 테니 그 시기를 지나는 당신이 부디 스스로를 지키는 법도 알게 되기를 응원할 뿐이다.

필요한 사람이 되고 싶지만 아무에게나 감당할 준비가 되어 있는 사람은 되고 싶지 않으며, 따뜻한 사람이 되고 싶은 건 맞지만 아무에게나 상처를 보듬어주는 섣부른 여유는 보여주고 싶지 않다. 전부 다 다른 구석으로 상처를 주고받으니 냉정할 수는 있어도 오이 같은 저 사람과, 나 역시도 오이 같은 타인이라는 걸 잊지 않으며 외로운 순간이 오더라도 씩씩하게 살 수 있기를 바란다.

빈곤한 어른

"빈곤한 마음아, 이제는 풍요로워지자."

우연히 흙 수저 자가 진단 테스트가 떠도는 것을 보았다. 보자마자 마음이 좋지 않았다. 한참 '수저'에 관한 이야기가 막 나오기 시작했을 때 '나는 흙 수저고, 쟤는 금 수저고, 또 저 인간은 다이아몬드 수저다.'라는 등의 말들이 유행처럼 오르내렸다. 이런 말들이 너무 쉽게 오르내리자, 일각에서는 이와 같은 표현이 불편하다는 이야기도 나왔었다. 나 역시 이런 표현에 난색까지는 아니더라도 '굳이?'라는 반응을 보였었다. 최근 들어서도 흙 수저 자가 진단표를 보고 적잖게 놀랐던 기억이 난다. 예를 들면 개인의 자산 정도를 가늠할 수 있는 문항이나 집안의 압류

딱지가 붙은 적이 있는지 등 자신의 상황을 노골적으로 밝혀내야 하는 테스트였다.

조금은 불편한 의식의 흐름을 가만두니, 어렸을 적 아빠가 해주셨던 말씀이 떠올랐다.

"우리 가족은 마음이 부자야."

마음이 부자. 마음만큼은 부자.

어느 한쪽을 치켜세우는 것은, 어쩌면 결핍된 다른 한쪽을 숨기는 역할을 하기도 한다는 것을 커가면서 알게 되었다. 그래도 나는 아빠의 말처럼 언제나 마음이 부자라고 떠들어댔다. 아빠는 나에게 이와 같은 이야기를 하면서 정말 근심이라고는 전혀 없는 사람처럼, 두툼한 얼굴에 풍요로운 웃음꽃을 피우시곤 했다. 나는 그래서 아빠의 말이 더 좋았다. 아직까지도 그 시절만큼은 마음이 꽉 찬 부자였다고 말할 수 있을 정도로. 내가 아빠의 말의 중요성을 다시 한번 되새기게 된 건 마음이 빈곤해졌을 때였다. 사실 지금도 휘영한 젊음을 살고 있어서 저 말이 더 와닿는다. 마음의 빈곤함이라고 표현할 수 있는 것들이 뭐가 있을까?

1. 정말 힘들 때 힘든 걸 말할 수 없을 때

2. 열등감이 느껴질 때마다 억지로라도 글을 쓸 때

3. 지인들의 고민만 들어주다 집으로 홀로 돌아올 때

4. 햇살 좋은 날 괜히 햇빛이 싫어서 방 안 블라인드를 내려둘 때

5. 짙게 먹어버린 반려 식물의 잎을 정리하지 않고 몇 주 동안 방치해 놓을 때

이 외에도 많은 순간이 있었는데 기억나지 않는 걸 보니 내 마음이 빈곤한지도 모르고 마냥 공허하다고만 표현했었나 보다. 잘할 수 있다고 외치고 나는 괜찮다고, 잘 살 거라고 믿으며 다독였지만 이미 마음이 텅 비어서 작은 손으로 두들긴 토닥토닥 소리는 메아리가 되어 울릴 뿐이었다.

고백하건대, 결국 나는 빈곤한 마음을 가진 어른이 되었다. 부끄럽지만 아직 어떻게 채워나가야 하는지 그 방법을 찾지 못했다. 그래도 어렸을 때 '마음만큼은 부자'라는 말을 듣지 않았더라면 내가 지금 이렇게 빈곤한 사람이라고 고백이나 할 수 있었을까. 아마 인지하지도 못했을 거다. 흙 수저 금 수저 이런 거 말고, 내가 더 살아가다 보면 이다음에 마음만큼은 부자라고 풍요롭게 웃으며 말할 수 있을까.

어딘가에서 느끼고 있을 봄 앞에 눈물 날 만큼 시린 빈곤한
마음을 가졌다면 이제는 부디 풍요로워지길.

조금만 힘을 빼보면

"힘이 빠졌지만 이상하게 힘이 나는 그 순간,
우리는 다시 움직일 수 있어."

몸에 힘을 빼고 살아갈 필요성을 느꼈다. 이루기 위해 달려들고, 이기기 위해 달려들고, 이해되지 않는 것들에 사로잡혀 힘을 꽉 주고 살았다는 생각이 들었다. 이런 생각을 하게 된 계기는 내가 너무 지쳐있을 때, 지친 상태를 인지하게 한 단 한 장의 사진 때문이었다.

주된 이동 수단으로 지하철을 타는 나에게 버스는 감성을 느낄 수 있는 특별한 수단이다. 이상할지도 모르지만 맨 뒤에서

두세 좌석 앞 칸 창가 자리에 앉으면 쉬어가는 느낌이 든다. 지하철에서는 느낄 수 없는, 나만의 공간이 생긴 안정감을 느낀달까. 그날은 오랜만에 버스를 타고 집으로 가는 길이었다. 가장 좋아하는 창가 자리에 앉아 귀에 이어폰을 꽂고 노래를 듣고 있었다. 휴대폰 화면만 멀뚱멀뚱 보고 있다는 걸 알았는지 친구가 구름 사진을 보내주며 오늘 하늘이 예쁘다는 메시지를 보내왔다. 문자를 받자마자 바로 올려다본 하늘에는 사진과 비슷한 모습의 풍경이 있었다. 저녁 7시가 넘어서야 처음 본 여름철의 하늘이었다. 그 순간 몸과 마음에 힘이 빠지면서 그날의 피로가 눈 녹듯 사라지는 것만 같았다.

평소와 다름없던 그날에 그 친구가 보여준 하늘은 꽤나 위로가 되었다. 하늘을 본 뒤 버스 창에 비치는 내 모습을 보니, 힘을 주고 살 때보다 훨씬 더 평온해 보였다. 힘을 주고 산다는 게 무슨 말인지 몰랐는데 우연한 순간에 힘을 빼니 그 의미를 알게 된 것이다.

「때로는 조금만 힘을 빼보면 날 향해 득달같이 달려오던 것들이 멈칫한다는 것.」

어쩌면 내일도 똑같은 하루를, 모레도, 글피도, 그 다음날도.

몇 년이 지나서도 치열하게 산 나머지 힘이 들어간 나날을 보내고 있을지 모르지만 오늘처럼 잠시 힘을 빼고 하늘을 바라보면 나를 둘러싼 세계가 잠시 멈칫할 것이다. 하늘을 바라보지 못한다면 당신이 서있는 그 길에 가장 탁 트인 곳을 멀리, 아주 멀리 바라보아도 좋다. 내일을 살아갈 수 있을 것 같은 작은 희망 봉우리가 피어오르는 것을 느꼈다면 그렇게 다시 걸어가면 된다.

한 발짝 물러서서 본 세상은 아름다웠는데 한 발짝 들어가서 본 세상은 아픔이다. 그렇기 때문에 가끔은 멀리 보아야 한다. 지쳐있을 때는 한 발짝을 움직일 힘도 없으니 시선을 멀리하는 것이다. 힘이 빠졌지만 이상하게 힘이 나는 그 순간 우리는 다시 움직일 수 있다.

하늘 감상을 끝내고 버스 안을 바라보았다. 사람들은 휴대폰을 보다가도 각자의 목적지에 다다르면 벨을 누르고 기다린다. 그 벨 소리에 이어폰을 꽂고 있던 사람들도 잠시 고개를 들더니 주변을 힐끔힐끔 바라본다. 버스는 멈췄다 달리기를 반복하며 우리의 목적지로 향하고 있었고 나 역시 다시 움직이기 시작했다.

버스에서 내려 하늘을 올려다보니 두둥실 떠다니던 구름은 온데간데없었다. 어둑해진 하늘 속에 내 마음만 어슴푸레 잠겼지만 그날 밤은 유독 멀리, 더 멀리 걸었다.

아무도 없지만 꽉 찬

"당장 모든 걸 떨쳐낼 수 없다면 내려놓을 수
있는 부분을 통해 쉬면 돼."

요즘 곳곳에서 번 아웃이라는 단어가 자주 들린다. 내가 처음 그 단어를 접했을 때는 대학교 사회복지 전공 수업을 들었을 때였다. 사람을 자주 대하고 감정 노동이 큰 직종에서 많이 나타나는 증상이라며 그것을 '소진'이라고 배웠던 기억이 난다. 그때 당시에는 그래본 적이 없기에 '힘들겠구나.' 지레짐작만 했었다.

그렇게 3년이 지나자 번 아웃은 나에게도 찾아왔다. 모든 것이 무기력하고 재미가 없어서 단순히 요즘 말로 '노잼 시기'라고 생각했다. 그림도 그리고 새로운 사람들도 만나는 등 취미생활을 시작했지만 나아질 기미는 보이지 않았다. 쉽게 짜증이 나고 화가 나는데 표출할 길은 없었으며 부정적 회로는 약한 자극만으로도 쉽게 작동해서 인생에서 이루고 싶다거나 목표할 것들도 전부 없어진 상태였다. 나중에는 부정적인 회로도 작동을 안 하기 시작하더니 모든 것이 흑백으로 보이는 마치 죽은 마음을 품고 사는 것 같았다.

이건 단순히 일 때문만이 아니라는 걸 알고 있었다. 내가 맺고 있는 사적인 관계에서도 다를 바가 없었다. 지인들이 자주 나에게 고민을 털어놓곤 했는데 고민을 고민으로 들어주지 못하는 위기가 왔었다. 힘든 일은 때로 서로의 공감과 위로로 치유되지만 그때는 삶의 환멸과 회의만이 가득한 위태로운 시기였다.

그렇게 5년 동안 쉬지 않고 달려온 시점에서 마주한 번아웃에 나는 쉼을 선택해야 했다. 연락하고 있던 지인들에게 일일이 내 상황을 설명하며 당분간 연락을 못 할 것 같다고 이야기하는 것도 힘들었다. 말할 수 있는 여력조차 없는데 "무슨 일이야 힘들어 왜 그래?"라고 묻는 사람이 있다면 그 질문에 답할 힘은 어디 있을까. 정말 쉬고 싶을 뿐인데 내 상황을 일일이 설명했다가는 더 지칠 게 뻔했다. 지인 모두가 볼 수 있는 SNS에 글 한

번 올리는 게 빠른 길이었다.

물론 SNS 글을 보고 연락해 온 지인들이 있었다. 긴 말 필요 없이 잘 쉬다 오라고 한 친구, 자신이랑도 연락을 안 할 거냐고 묻던 친구, 답변은 안 줘도 된다며 긴 장문으로 나를 응원해 주던 친구. 내 선언에 지인들은 각기 다른 반응을 보였다.

글을 올리는 순간 눈물이 왈칵 쏟아졌다. 내가 어딘가로 사라진 것도, 관계를 아예 끊어낸 것도 아니고 잠시 연락과 만남을 쉬겠다고 이야기했을 뿐인데 치열하고 정신없게 달려온 무대의 막이 내려가는 듯한 느낌을 받았다.

"아 끝났다."

선택 뒤에 몰려오는 감정은 오롯이 다 내가 느껴야 했다. 처음에는 고생한 나를 풀어주는 느낌이 들었고 그다음에는 어딘가에 가라앉는 듯한 안도감이 느껴지더니 두 달이 지나자 돋움을 하려 발을 딛는 당참이 느껴졌다.

쉬었던 기간은 딱 6개월이었다. 물론 사적인 인간관계를 쉬었던 거고 공적인 관계와 업무들은 지속적으로 이어가고 있었다. 그럼에도 불구하고 6개월 뒤 나는 더 씩씩하고 긍정적인 사고를 하는 사람으로 변해있었다.

그 안에는 되새김도, 두려움도, 공허함도 없었다.

'아무도 없지만 꽉 찬'

가장 크게 배운 한 가지가 있다. 나는 이런저런 말들로 스트레스를 푸는 사람이 아니라는 걸 배웠다. 하루 일상 중에 화가 나는 일도 있고, 짜증이 나는 일도 있다. 그럴 때면 연락을 하고 지내는 지인들에게 이렇다 저렇다 이야기하는 게 언제부턴가 하루의 끝이 되었는데 그런 시간이 없어지니 오히려 마음이 괜찮아졌다. 말을 하면서 스트레스가 풀렸던 게 아니라 부정적인 감정을 되새기고 있었던 것이다. 그 사실 하나를 배웠더니 부정적인 감정이 자연스럽게 내 안에 있지 않고 나를 비켜 갔다.

쉼의 방식은 다양하지만 당장 내가 모든 걸 떨쳐낼 수 없다면 내려놓을 수 있는 부분을 통해 쉬면 된다. 나한테 내려놓을 수 있었던 부분은 사적으로 맺은 관계들이었을 테고, 그 안에서 얻은 깨달음으로 인생의 일부가 긍정적으로 전환되었다. 쉬었던 시간을 이제야 '아무도 없지만 꽉 찬' 시간으로 표현할 수 있는 것처럼 쉼이 삶에 주는 영향은 대단하다.

6개월 만에 다시 내 자리로 돌아갔을 때 나는 더 이상 감정을 되새기지 않았고, 아프지 않았으니 말이다.

안녕히 주무세요

"비우는 연습을 하면서 우리를 괴롭히지 말자."

중학생 때 국어선생님께서 잠에 들기 전 가장 마지막에 하는 생각이 뭐냐고 물으셨다. 그 질문에 답하는 사람은 아무도 없었다.

그리고 이내 선생님께서 말씀하셨다. 하루를 마무리할 때 짜증나고, 화나고, 분통터지는 일을 가슴에 안고 자면 편하겠냐고. 자기 전만큼은 행복한 생각을 많이 하라고.

집에 와서 곰곰이 생각해 보니 잠자기 전에 나는 늘 '고민'이란 걸 했던 것 같았다. 오늘 친구에게 들었던 기분 나쁜 말부터,

내일 학교에 가면 있을 일에 대한 걱정까지. 보통 그런 고민이 마무리되지 않은 채로 잠을 잤다. 학생들이 그리 잠든다는 것을 어떻게 아셨을까. 오랜 교직 생활에서 나온 안목이었는지 아니면 연륜에서 비롯된 인생의 지혜였는지는 알 길이 없지만 나는 아직도 마음이 불안정할 때마다 선생님이 해주셨던 말씀을 떠올린다.

길을 가다 우연히 만난 아기가 손을 흔들어주던 모습, 지인에게 들었던 칭찬 등을 떠올리며 되도록 기분 좋게 잠을 청하려 노력한다. 물론 10년이 지난 지금도 잠자기 전 기분 좋은 상상을 하는 일이 습관화 되진 않았다. 하루를 마무리할 때뿐만 아니라 스트레스를 받거나 견디기 어려운 괴로움이 찾아오면 잠부터 잤다. 아무 생각을 하기 싫어, 풀어내려는 시도조차 하지 않고 '잠'을 택했으니 기분 좋은 잠이 습관화될 리 없었다.

그 후 대학을 다닐 때도 교수님께 비슷한 맥락의 이야기를 들은 적이 있었다. 성숙한 사람은 밖에 있었던 나쁜 일을 집으로 끌고 오지 않는다는 말씀이었는데 왠지 폭이 더 넓어진 느낌이었다. 밖에서 기분 나쁜 일이 생기면 곧잘 집안사람들에게 화를 냈다. 가장 편한 사람들이었고 무의식중에 그렇게 해도 나를 떠나지 않을 거라고 생각 했던 것 같다. 하지만 그럴수록 밖의 불편함은 안에서도 계속되었다.

위로받고 싶을 땐 "위로받고 싶어요."라고 말하면 될 것을 화로, 분노로, 신경질로 주변을 계속 찔러댔으니 미성숙했다고 말할 수 있겠다.

안으로 나쁜 감정을 들고 오지 말라는 건 무작정 참으며 해소하지 말란 이야기가 아니다. 기분 좋은 상상으로 행복하게 잠을 청하라는 것은 얼렁뚱땅 하루를 넘겨버리라는 뜻이 아니다. 충분히 비우는 연습을 통해 나와 내 주변을 괴롭히지 말라는 뜻이다.

우리가 스스로에게 가장 전하지 못했던 안부는 하루의 마지막에 "잘 자."라는 인사가 아니었을까.

캄캄한 방 안에서 부정적인 기억의 잔해들이 엄습해올 때마다 침대 조명등을 다시 켜곤 한다. 보이는 건 천장뿐인데 마음속은 왜 이리 시끄러울까. 하얀 천장 벽지 속에 하루를 그렸다가 지우기를 반복하며 "안녕히 주무세요."라고 말한다.

왠지 "잘 자, 좋은 꿈 꿔."라고 나에게 말해주려니 입이 안 떨어진다.

그래서 나와 멀찍이 떨어져서 공손하게 안녕히 주무시라고 얘기한다. 웃기고도 슬픈 내 모습이 어이가 없어서 실소를 터트리다가 고개를 절레절레 흔들며 잠시 웃는데, 그래도 웃으면서 잠드니 그게 얼마나 다행인지 싶다.

밖에서 있었던 일들을 한바탕 비워내고, 그렇게 다시 침대 조명등을 끈다.

그래서 그만두면
나는 뭐가 달라집니까?

"마음을 안정시킬 수 있는 응원이
필요하다는 걸 알고 있어."

꿈을 꿨다. 꿈의 내용은 단순하고 짧막했다. 내가 어떤 일을
하고 있었는데 주변에 있는 사람들이 모두 그 일을 하지 말라고
반대했다. 그 일이 무슨 일인지 나오지 않았지만 나 홀로 그 일
을 하고 싶어 했던 것만은 확실했다. 그리고 나는 다 그만두라
는 사람들을 향해 차분하고 단호한 어조로 물었다.

"그래서 그만두면 나는 뭐가 달라집니까?"

화가 난 목소리는 아니었지만 힘이 실렸고 한편으로는 정말로 궁금해서 물어보는 듯했다.

알람 소리가 울린 것도 아니었고, 밖의 소음도 없었고, 깨운 사람도 없었는데 이 말을 마지막으로 나는 바로 잠에서 깼다. 나도 모르게 꿈속에서 하던 말을 되뇌었다.

'그래서 그만두면 나는 뭐가 달라집니까?'

침대에서 몸을 일으켜 비몽사몽한 가운데 묘한 기시감에 휩싸였다.

'요즘 반대에 부딪혔던가, 내가 일에 스트레스를 받았던가, 왜 이런 꿈을 꿨지.'

그래도 마음 한구석이 시원했다. 창을 열었더니 아침 공기도 제법 시원했다. 멋있는 엔딩과 함께한 하루의 시작이었다.

요즘 글을 못 쓰는 날이면, 누군가가 얼른 글을 쓰라고 재촉하는 것도 아닌데 마음이 초조하다. 그러다가 갑자기 반항심이 생겨서 '그래서 이렇게 원고를 쓰면 내 글이 세상 밖으로 나올 수 있는 거야?'라고 따지듯 물어본다. 걱정이나 불안은 이내 화로 바뀌고 자포자기의 상태로 변한다. 그러다가 다시 글을 쓴다. 이런 생활을 반복하다 보니 답답해서 꿈이라도 패기 있게

꾼 건가 싶기도 했다. 내가 이 작업으로 꽤 고민하고 있다는 걸 인지할 수 있는 날이었다. 그날 밤, 꿈에 대해 생각하다가 다시 잠을 자려고 하는데 의문이 들었다.

'꿈속에서 내가 어떤 일을 강행하려고 했는지 나오지 않았는데….'

혹여 범죄나, 나쁜 일에 가담하는 일일 수도 있을 텐데 왜 나는 저 일을 바로 업과 관련된 것으로만 떠올렸던가. 나쁜 일을 행하는 걸 말렸다면 주변 사람들이 나를 도와준 거였을 텐데 왜 내가 무조건 옳았을 거라고 생각했나. 스스로가 무슨 일을 행하는지도 모르면서 나는 왜 한 번의 의심도 하지 않았는가.

"그래서 그만두면 나는 뭐가 달라집니까?"

반대에 부딪혀도 꿈을 택하는 뻔한 스토리를 상상하며 희망을 느끼고 싶었던 걸까. 아니면 저 물음으로 응원 받고 싶었던 걸까.

기어코 하고 만다는 고집, 할 수 있을 것 같은 희망. 고집과 희망은 늘 한 끗 차이이기에 사람은 때때로 반대에 부딪혀 홀로

서는 순간 응원 받고 싶다. 그래서 물어봤나 보다. 지금 그만두어도 나는 달라지는 것이 없으니 하던 대로 가보겠다고. 그러니 나를 믿어달라고. 아마 초조한 이 마음을 안정시킬 수 있는 응원이 필요했던 게 아니었을까.

담담한 경청

"때로는 너의 이야기를 가만히 들어줄게.
아주 담담히."

주변 지인들이 나에게 힘든 일을 이야기할 때가 있다. 속마음까지 털어놔도 괜찮을 사람이라며 나를 믿어주는 덕 때문이다. 어떤 이는 자신의 말을 담담하게 들어주는 일이 가장 큰 위로가 된다며 고마움을 표하기도 했다. 그때 나는 경청의 의미에 대해 다시 생각해 보았다.

모든 게 가시 같은 날이 있다. 내 안에 쌓이고 쌓인 이야기들 중 한 움큼만 보여줬을 뿐인데 어떤 사람은 공감을 하고, 또 어떤 사람은 조언을 한다. 여기서 문제는 공감과 조언은 받는 사람의 몫이라는 것이다. 때론 상대가 아무리 내 상황을 공감해 주어도 '저렇게 반응해도 뒤에서는 또 다를 수 있지.'라는 생각을 할 때가 있고, 분명 마땅한 조언이었음에도 '내 상황도 잘 모르면서 뭘 안다고.'라며 괜한 원망을 하기도 하므로. 이처럼 상대의 의도와는 상관없이 내가 아프면 모든 말이 가시가 되어 찾아올 때가 있는 법이다.

그래서 나는 더욱더 자신의 어두운 속내를 털어놓는 이를 만나면 해줄 말이 없다. 솔직히 말하면 해줄 말이 없는 게 아니라 무슨 말을 해주어야 할지 모르겠다. 의도와 달리 받아들이는 그 시선이 이상해서도 아니고 한심해서도 아니다. 혹여나 내 말이 또다시 그를 아프게 할까 봐 나는 담담한 경청을 선택한 것이다. 내가 뒤엎고 다시 의미를 찾아낸 경청은 상대의 비관을 감당하는 것이 아니라 온전히 지켜봐 주는 것이다. 나에게는 별일이 아니더라도 누군가에게는 요동치는 아픔일 테니 내가 할 수 있는 일이라곤 담담한 경청밖에 없다. 들어주는 것만으로도 큰 위로가 된다고 말하지 않나. 말함으로써 이미 마음의 짐을 털어가고 있는 그에게 굳이 짐을 함께 들어주겠다며 말을 덧붙일 필요가 없다. 그 짐은 나눠 지려고 내보이는 것이 아니라 버리려

고 털어낸 짐일 수도 있으니 어떤 아픔을 겪고 있는지 지켜봐 주면 된다.

위로는 못하지만 경청을 잘하는 사람이 되려고 노력한다.
두 귀로, 온 마음을 다하는 담담한 경청 말이다.

그럼 누군가는 마음이 괜찮아질지도 모르니.

사연 없는 사람이 어디 있어

"때가 되면 왜 그런 울림을 느꼈는지
자연스럽게 알게 될 거야."

"사연 없는 사람이 어디 있어."

평소 같았으면 흘려들었을 이 말이 유독 뇌리에 박히는 날
이다. 우리가 일일이 알 수 없는 그 사람의 깊은 영역이 때로는
'사연'이 된다. '사연'은 사람을 특별하게 만들어주는 것 같지만
사실은 더없이 평범하다는 것을 방증하기도 한다. 사연 앞에는
수많은 사람의 평가와 정의 내림이 시작된다. 저마다 가지고 있
는 사연이 마치 저 한 사람에게만 한정되는 것처럼 말이다.

나의 지인은 어린 시절 화목한 가정 분위기 덕분에 '가난'을 부끄럽게 여기지 않았다. 학교에 진학한 뒤 공부를 잘하는 아이가 아니라 형편이 어려워도 공부를 열심히 하는 아이로 불렸을 때. 칭찬받을 일이 생길 때마다 어려운 형편인데 기특하다는 축하를 들었을 때. 그 무렵, 아이는 자신의 사연이 흠이 된다는 것을 깨달았다. 우리가 가지고 있는 사연이 흠이 될 수 있다는 것을 깨달을 때부터 우리는 그 사연을 숨기기 시작한다.

　"그런 일이 있었구나, 많이 힘들었겠다. 내가 너였어도 그랬을 거다."

　이런 말로 위로받을 수 있는 시간을 포기하고 혼자 있길 택했던 순간이 누구에게나 있었을 것이다. 사연의 내용, 느끼는 감정은 다 다를지언정 그 모든 것이 함부로 평가되고 특별하게 여겨질 이유는 없다.

　당신에게도 나에게도 각자의 사연이 한 개쯤은 있을 테니까.

　그래서 이제는 구구절절한 긴 말이 아무런 의미가 없다. 상대가 어떻게 살아왔는지, 어떤 경험을 했는지보다 그래서 지금 상대의 눈빛이 어떤지, 말투가 어떤지, 세상을 대하는 그만의 태도가 어떤지가 더 큰 울림으로 다가온다. 시간이 지나 때가 되면 상대에게서 왜 그런 울림을 느꼈는지 자연스럽게 알게 된다.

그러니 모든 걸 쉽고 빠르게 전달하는 세상이어도 '사연'만큼은 늦게 전해도 괜찮지 않을까.

그리고 다른 사람의 비밀 상자를 억지로 들춰내지 않고 기다려주는 게 필요하지 않을까.

만약 그렇게 시간이 걸려 전해온 사연이 있다면 있는 그대로를 이해해 보기로 한다.

"너의 인생에는 그런 일들이 있었구나. 그게 네가 숨겨둔 이야기였구나."

손가락을 들이대는 것이 아니라 손을 내밀어보는 것이다.

아무 일도 아니라는 듯 평범하게. 오늘도 나의 사연을 사는 동지로서.

이 세상에 사연 없는 사람은 없다.

최악의 날을 떠올리는 이유

"그때의 우리보다 지금의 우리가 더 강해.
잘하고 있어."

20대의 어느 무렵, 내 인생이 최악이라고 생각했던 적이 있
다. 아빠의 투병으로 기울어진 가세, 사회 초년생으로서의 생
활, 정신없이 밀려드는 업무, 주변의 날선 불평, 쉽게 아파지는
몸. 인간관계의 회의, 나아지지 않는 모든 것들을 견디며 20대
초반이 지나가고 있었다. 어느 날은 친구를 만났는데 나에게
조심스럽게 안부를 물었다.

"늘 네가 웃으면 주변이 밝아질 정도로 정말 해맑았었는데,

어느 순간 네가 웃는 게 웃는 것 같지 않았어. 네가 웃으면 무슨
일이 있나라는 생각이 들 정도로…."

친구의 말에 괜찮냐는 물음이 함축되어 있다는 것을 알고 있
었다. 그 당시 나는 괜찮지가 않았다. 남들 앞에서 울지 않는다
고 마음이 안 아팠던 게 아니다. 최악이었던 날들 속에 나는 계
속 무너지고 있었다. 그런 내 모습을 보면서, 누군가가 나의 불
행에 묘한 쾌감을 느끼고 있다는 사실마저도 받아들여야 하는
시기였다.

그럼에도 불구하고 나는 그 힘든 시기를 지금도 간혹 떠올리
곤 한다. 불완전한 모든 것들을 견뎌내고 있던 그 시절의 내가
참 대견해서. 힘든 나를 떠나지 않고 함께 슬퍼해 준 이들에게
고마워서.

여행을 데려가서 마음 편안히 쉴 수 있게 만들어준 사람, 행
복하다가도 금세 불안해지는 내 마음을 이해해 주던 사람, 눈물
을 안 흘린다고 해서 울지 않는 게 아니라는 것을 알아주던 사
람, 내가 속사정을 다 이야기하지 않는데도 나를 먼저 찾아주고
손 내밀어 준 사람.

내가 조용하던 날 그들은, 소란함에 내가 다시 아파할까 봐
조용히 내 곁을 지켜주었다.

앞으로 얼마나 더 많은 최악을 맞이하고, 얼마나 더 많이 행복할 수 있으며 행복 속에 얼마나 더 많은 불안이 남아있을지 모르겠다. 나는 과거에 그랬던, 5년 뒤 10년 뒤 우리가 무엇을 하고 있을지에 대한 답처럼 살지 못했다. 예측할 수 없는 삶을 살았고 미래를 그리는 모든 것들이 무의미하다 느낄 때도 있었다.

여전히 불안할 때, 어딘가 모르게 공허하고 서글퍼질 때 나는 내 최악을 떠올린다.

"이런 것도 버텨냈는데."

살면서 최악을 떠올리는 이유는 그때의 나보다 지금의 내가 더 강하다는 믿음을 확신하고 싶어서다. 힘든 시절 곁에 있어주었던 사람들도 함께 떠올리며 뭉클하게 다시 한번 지금을 이겨내기를 바라는 거다.

포기하고 싶어질 때 가장 불행하다 여겼던 날을 기억해 주기를 바란다. 최악일지라도 열심히 버텨서 살아남았고, 스스로 빛이 안 날 때 주변을 밝혀주는 사람들이 있었다. 마음이 가라앉아도 자신의 마음을 고이 품고 지금까지 왔다.

이제는 힘내라고 힘이 나고 기운 내라고 기운이 나는 단순한 이치에 따르며 살 수 없다는 것을 알기에, 가끔은 무너진 과거의 나에게 물어보곤 한다. 나 지금 잘하고 있냐고.

그 순간 느낀 건 희망이었나

"누구에게나 잔잔히 숨겨놓은

오아시스가 있어."

새해에는 분명 일주일에 한 번씩 일기를 쓰겠다고 다짐했었
다. 새해의 작은 다짐 같은 것, 가장 소소한 다짐이었으나 지키
지 못했다. 몇 달이 지나 일기장을 펼쳤을 때도 있었으니 말이
다. 귀찮기도 했고 몸과 마음이 글을 쓸 여유가 없기도 했다. 사
실 이 모든 것은 핑계다. 일기를 못 썼던 이유는 무미건조한 일
상 때문이었고, 일기를 안 썼던 것은 글과의 권태기 때문이었다
고 고백해본다. 당시에 내 친구는 만나던 사람과 권태기를 겪고
있었는데 그 이야기를 들어주던 나에게 놀림조로 물었다.

"넌 글이랑 권태기냐. 요새는 왜 글 안 보내줘?"

장난식으로 물어본 친구의 색다른 표현력에 이보다 내 상태를 더 잘 설명할 방법은 없다고 느꼈다.

누구나 좋아하는 일과 잘하는 일에 권태로움을 느낄 때 무미건조한 일상을 살게 된다. 물론 내 일상은 글로부터 멀어졌기 때문에 무미건조하다기보다는 스스로 뭘 해야 될지 모르겠다는 표현이 더 정확했다.

모두가 현재에 충실하며 어제도, 오늘도, 내일도 내 할 일을 한다. 누군가는 직장에 가고 누군가는 학교에 가고 누군가는 집에서 머물러 쉬어가고. 언젠가부터 내가 살고 있는 세상 속 사람들은 그들에게 주어진 일을 해내는 역할을 하고 있을 뿐이란 생각이 들었다. 그런 생각이 스칠 때쯤 현실에 타협하며 사는 것보다 현실에 안주하며 사는 것이 더 무섭다는 것을 알게 됐다. 흘러가는 대로 맡겨 사는 것에 '희망'은 힘이 없었다.

그러던 와중, 준비하고 있던 공모전 주제가 하필 '희망'이었다. 하루하루가 똑같은 나에게 '희망'이라니. 그 당시에는 희망이란 단어만 보아도 숨이 막혀 당분간은 글을 쓰지 말아야겠다고 생각할 정도였다. 창작의 고통이 아니라 삶의 고통이었을지도 모르는 순간에 나는 창작을 손에서 놓기로 했고, 그러면서도 속으로는 더 많은 것을 경험하고 영감을 얻어야 한다는 심한 갈증을 느끼고 있었다. 글을 휘갈길 힘조차 없던 그 시절에 나를 걱정하고 따뜻하게 바라봐 주는 친구가 있었다.

"월아, 내 인생의 모토는 너야. 나는 너를 닮고 싶었어."

예상치 못한 말에 목소리도 제대로 나오지 않아 아무 말을 못 하는 나를 보며 친구는 조용히 웃어 보였다.

"용기 있었잖아. 너는 너를 위해 살 줄 아는 사람이잖아. 다른 사람들은 사실 무엇인가를 포기하는 게 참 어렵고 겁나서 안고 가는 게 많아. 근데 너는 아니잖아. 해야 할 일을 열심히 하고, 아니다 싶으면 되돌아설 수 있는 힘도 가지고 있고. 다시 새로운 길을 찾아가잖아. 그래서 나는 누가 나한테 어떤 인생을 살고 싶은지 물으면 월이 너처럼 살고 싶다고 해."

그 친구는 나를 열등하게도, 우월하게도 따지지 않았다. 그저 닮아가고 싶은 사람이라고 말해주던 깊은 우정에 무거웠던 몸이 조금은 가벼워지는 것 같았다. 열심히 살아가야 할 이유를 다시 찾은 느낌, 황폐하게 살아가는 것은 지나가는 바람일 뿐이며 나와는 어울리지 않는다는 생각에 발을 뗼수록 울컥했다. 그날 밤 나는 다시 오래된 일기장을 펼쳤다.

「교사가 되고 싶었을 때도, 사회복지사가 되고 싶었을 때도, 작가가 되고 싶었을 때도 사실 내 꿈은 하나였다. 진심으로 다가가서 사람 마음을 위하는 일을 하는 것.」

아무렇게나 펼친 일기장 속 가장 먼저 눈에 들어오는 문장이었다. 그 순간 내가 느낀 것은 '희망'이었다. 누구에게나 무미건조함 속에도 잔잔히 숨겨놓은 오아시스가 있다. 너무 오래 혹은 너무 멀리 숨겨두어 까맣게 잊고 지낼 뿐. 숨겨진 구석을 툭 하고 건드려서 잔잔한 움직임이 올라올 때 희망은 울컥 찾아온다.

한 발짝에 1g

"나에게 맞는 속도로 걸어가는 것이 가끔은
숨통을 트게 하니까."

집 뒤에 큰 운동장이 있다. 모퉁이를 돌아보면 운동기구가
있고 사람들이 잠시 앉아서 쉴 수 있는 벤치가 있다. 그 벤치를
등지고 정면을 바라보면, 지대가 높아서 내가 사는 동네가 다
보인다.

'이곳에 이렇게 집이 많았었나. 많은 사람이 살았었나.'

지대가 높은 곳에서 우리 동네를 바라보면 내가 몰랐던 상가

를 찾을 때가 있다. 참 재미있는 곳이다. 주말이나 평일 저녁이 되면 동네 사람들이 나와서 운동을 한다. 이어폰을 꽂고 혼자 걷는 사람도 있고, 반려견과 함께 산책을 하는 사람도 있고, 가족과 함께 오는 사람들도 있다. 주말에는 어김없이 조기축구 회원님들이 자주 찾는 곳이기도 하다.

나는 마음이 답답할 때 그곳에 가서 산책을 한다. 아무 생각하기 싫을 땐 운동장을 뱅글뱅글 돌고, 아무것도 하기 싫을 땐 벤치에 가만히 앉아 있는다. 봄에는 따사롭고, 여름에는 덥고, 가을에는 쌀쌀하고 겨울에는 추운. 계절이 주는 변화를 가장 잘 알아챌 수 있는 곳이다. 이와 더불어 이곳은 내 마음의 온도도 잘 알아챌 수 있는 곳이기도 하다. 마음이 너무 꽉 차서 뜨겁거나, 너무 비어서 차가울 때 선선한 바람이 물들어 있는 곳을 찾아가면 마음의 온도까지 선선해지는데 그곳이 나한테는 그런 곳이다.

한참 일이 안 풀리고 스트레스를 받을 때 자주 찾아갔다.

'내가 이 길을 계속 걷는 게 맞나?'

누구나 한 번쯤은 해봤을 흔한 고민이다. 하고 있는 일에 대해 자신감이 떨어지거나, 어중간한 위치에 걷잡을 수 없는 현실을 추회하다 보면 난 어느새 그곳에 가있었다. 운동화 속으로 밀려들어 오는 모래가 성가시긴 해도 내가 처한 상황만큼 성가시지는 않았다. 걷다가 보면 숨이 쉬어졌다. 주변에 아름다운 풍경이 있는 것도 아니고 웃음 날 일이 가득한 것도 아닌데 그냥 그곳을 걷다 보면 편하게 숨이 쉬어졌다. 그곳에 아무리 사람이 많아도 그들은 나한테 별 관심이 없었다. 서로가 눈길조차 주지 않는 곳이지만 그렇기 때문에 더 편안한 곳이라는 생각까지 들었다.

한 시간을 산책하고 시멘트가 밟히는 곳으로 장소를 옮겨 운동화를 탈탈 털어내면 작은 모래알들이 우수수 떨어진다. 신발끈을 다시 동여매고 집으로 돌아가는 길이면 어느덧 하늘은 어둑해져 있다. 스트레스를 풀기 위해 무작정 걷는다는 사람을 본 적이 있었는데 이제 그 사람의 마음이 조금은 이해가 된다. 오롯이 전부를 이해할 순 없겠지만 털어내고자 하는 것들이 있을 때 마음을 계속 비워내는 일, 한 발짝에 1g, 두 발짝에 2g, 세 발짝에 3g. 천천히 천천히. 유일하게 나에게 맞는 속도로 걸어갈 수 있는 곳에서 안식을 찾곤 한다.

상현달,

part. 3

어렴풋이 빛난 마음들

맨땅에 헤딩, 멘탈에 헤딩

"인생에 한 번쯤 오는 그 시기를 누구는 방황,
누구는 청춘, 누구는 젊음이라 불러."

한 기업의 수필 공모전 접수를 완료했다. 접수를 완료하고
한 시간쯤 지났을까. 미술을 하는 친구에게 연락이 왔다. 오늘
친구가 그린 그림을 SNS에 올렸는데 사람들의 반응이 좋아서
뿌듯하다며 잔뜩 흥이 오른 채 말을 이어나갔다. 비전문가인 내
가 봐도 그녀가 처음 보여줬던 그림보다 나아진 게 보일 정도였
다. 앞으로 더 잘 될 거라며 진심으로 그녀를 축하해 줬다. 상대
의 기분 좋은 목소리에 나도 오늘 공모전을 접수했다는 이야기
를 했는데 좋은 결과가 있으면 좋겠다는 화답이 돌아왔다. 서로

를 응원하는 사이라 이런 말들이 그 친구와는 낯간지럽거나 부끄럽지 않았다.

그러다 이내 나는 막연한 기대감을 약간의 허탈함과 함께 내뱉었다.

"열심히 쓰다 보면 빛을 보는 날이 오겠지."

예전에는 어떤 일을 시작하기에 앞서 짜증이 나고 화가 났는데 지금은 허탈해도 무엇인가를 한다는 게 놀라울 따름이다. 물론 지금도 머뭇거리고 망설이는 순간이 셀 수 없이 많다. 하지만 "그래 해보면 다를 거야."라고 외치는 횟수가 점차 많아지고 있다. 서늘한 마음을 벗어던지며 그래도 뭐든 가능성을 열어둔 채로 바라보려고 노력하는 것 같아서 다행스럽달까. 모든 날이 따뜻할 수는 없어도 서늘함이 오래가지 않을 것 같은 상태 하나만으로도 난연해질 수 있으니 망울을 여는 느낌이었다.

"맨땅에 헤딩은 사실, 현실의 벽에 부딪힌다는 게 아니라 멘탈의 벽이었는지도 몰라."

고르고 골라 어렵게 뱉은 말이 아니라 스치듯 툭 튀어나온 저 말이 제법 마음에 들었다. 전무한 지식과 경험으로 무모하게 도전해야 할 때 '맨땅에 헤딩'이라는 표현을 쓰지만, 무엇보다도 고갈된 멘탈의 영향이란 인생사에 엄청 큰 변수로 작용한다. 폭신폭신한 매트리스 하나만 스스로가 장착하고 있어도 맨땅에 헤딩은 아니지 않은가. 겁이야 나겠지만 막상 부딪히고 보면 매트리스 하나만으로도 충격의 완화 정도가 다르다는 사실을 왜 이제야 알았을까.

내가 여태 부딪혀온 것은 변할 수 없는 현실보다 변할 수 있는 멘탈이었다.

서늘한 마음 때문에 온몸을 꽁꽁 매어야 하는 날도 있었지만 그래도 멘탈이란 녀석에 부딪힌 덕에 이제는 매트리스 서너 개쯤은 장착할 수 있다. 예전과 달리 난연한 마음이 증명한다. 미술을 하는 그 친구도, 글을 쓰는 나도, 어딘가를 바삐 걸어가고 있는 저 청년도 깨지고 부서진다. 인생에 한 번쯤 오는 그 시기를 누구는 방황, 누구는 청춘, 누구는 젊음이라고 이름을 붙이며. 맨땅에 헤딩, 아니 멘탈에 헤딩하는 이런 날들을 고스란히 잘 겪어내야 하는 게 우리의 몫이기에 오늘도 매트리스를 꺼낸다.

어려운 건 똑같겠지만 덜 아플 테니까, 오래갈 수 있을 거라
고 믿으며. long-run

확실하게 행복해지기까지

"우리가 좋아하는 적당한 날씨에 예쁘고
아름답게 꽃피우면 돼."

운동 후 샤워를 하고 나왔을 때
멀리 놀러 가서 좋은 경치를 바라볼 때
1년 넘게 키우고 있는 식물에 새잎이 돋아나는 것을 봤을 때
아무런 계획 없이 산책을 나왔는데 날씨가 너무 좋을 때

최근 행복을 느꼈던 순간.
습관처럼 행복을 마주하려 하고 있다.

과거의 나는 행복한 순간이 찾아오면 불안한 감정을 많이 느꼈다. 너무 붕 떠버린 마음이 가라앉을 때 오는 허탈감, 무력감이 얼마나 무서운 것인 줄 알기에 때로는 행복이 돌아가야 되는 집이 있는 것마냥 외면의 방법으로 그 감정을 다시 돌려보내곤 했다. 물론 확실하게 행복한 하루를 보내려 노력하는 지금도 행복을 느끼는 순간이 오면 갑자기 가슴이 쿵쾅쿵쾅 뛰고, 뭐가 막힌 듯 갑갑할 때가 있다. 그럴 때마다 나는 '즐기자'라는 말에 빠져 한참을 허우적거리기도 한다. 즐기자는 말이 때로는 더 부담스럽게 느껴지기도 하니까.

불안함을 느끼고 있는 사람들은 아마 한 번쯤 이 말을 들어봤을 거다.

"사람들이 걱정하는 일은 의외로 생기지 않아."

그래 맞다. 참으로 말이지 사람들이 걱정하는 일은 의외로 생기지 않는다. 생각 속에 머문 걱정은 앞선 불안만 낳을 뿐이다. 아직 생기지도 않은 일에 나의 현재를, 행복한 감정을 잃지 말자고 마인드 컨트롤을 한다. 문제는 어차피 늘 예상치 못한 곳에서 터지니 차라리 걱정스러운 생각을 그만두자며 말이다.

오래된 친구와 나누는 이야기, 몇 년 만에 꺼내본 앨범, 낮 12시에 먹는 늦은 아침, 커피 말고 따뜻한 차를 마시는 일. 걱정스러운 생각을 지우고 요즘은 소소히 하고 싶은 것들로 하루하루를 채워가고 있다.

두 달 전에 샀던 책들을 읽고, 감정을 자주 글로 풀어내고, 그보다 더 자주 선선한 바람을 쐬러 나가고…

하고 싶은 일이 있다는 것, 그리고 그것을 할 여유와 용기가 있다는 것.

이러한 이유로 사람들은 이따금씩 행복해지곤 하니까.

습관처럼 행복을 마주하려는 하루가 부쩍 고마울 때면 잠시 되돌아본다.

살아가는 동안 예상치 못한 일에 멈춰버린 시간을 산대도 결국 삶은 흘러가는구나.

햇빛이 뜨거우면 양산을 쓰면 되고, 비가 오면 우산을 쓰면 된다. 그러니 혹여 또다시 행복 앞에 불안이 찾아오더라도 개의치 말자. 그렇게 나는 내 자리에서 나를 소중히 여기는 일에 집중하면 되고 쌀쌀하다고 느껴질 만큼 선선한 바람이 부는, 내가 좋아하는 적당한 날씨에 예쁘고 아름답게 꽃피우면 된다.

꾸밈없는 널 사랑해

"꾸밈없으면 어때, 이미 좋은 사람인데."

오랜만에 서울로 이사 간 친구를 만났다. 중학생 때부터 알고 지내다 고등학생 때 같이 야간자율학습을 하면서 더 돈독해진 친구였다. 함께 친한 친구의 무리가 다섯 명 정도 되는데 우리 사이에서 성실성 1등, 준비성 1등으로 꼽히는 친구였다. 그녀의 가방 속에는 없는 게 없었고 학생 때부터 자습실에 6시간 이상을 줄곧 앉아 공부도 열심히 하는 친구였다. 마음은 어찌나 맑은지. 성인이 된 이후에도 아빠 같은 사람이랑 결혼을 할 거라며 밝게 웃어 보이는 친구였다. 그녀가 가족을 사랑하고 주변을 사랑하는 마음은 익히 잘 알고 있었다. 주말에 학교 자습실에서 공부를 하고 있으면 점심시간에 부모님께서 정성스럽게 싸주신 도시락을 친구들에게 나눠주기 바빴던 곰살맞은 마음 씨를 가진 친구였다.

그러나 몇 년 뒤에 다시 만난 그녀는 이전과는 어딘가 모르게 달라져 있었다. 나는 미묘하게 어두워진 그녀의 모습이 걱정되긴 했지만 먼저 물어보진 않았다. 자연스럽게 과거 학생 때를 회상하던 중 갑자기 자신이 너무 부끄럽다고 고백하는 그녀의 울먹이는 목소리를 듣고 나서야 미묘하게 달라진 이유를 알게 되었다. 어렸을 때부터 사랑을 가득 받아온 그녀에게 처음으로 결핍이 찾아온 모양이었다. 자신이 아무렇지 않게 베풀었던 배려와 사랑이 다른 누군가에게는 상처가 될 수도 있다는 것을 알게 된 뒤로 신중하게 행동하지 못했던 것을 후회하고 있다고 말했다. 다시는 그러고 싶지 않다며 너무 부끄럽다고 말하는 친구는, 급기야 요즘엔 거울로 자신의 얼굴조차 보기 싫다고 말했다. 잠시 할 말을 잃은 나를 보더니 그녀는 외면적으로도 꾸미지 않은 자신의 모습을 보기가 두렵다며 말을 이어갔다. 친구는 대학생 때 과 동기들에게 외모 지적을 많이 당했는데 그게 상처가 된 줄도 모르고 그저 정신없이 바쁘게만 살았다고 했다. 그렇게 살다가 졸업을 하고 난 뒤, 누군가 자신을 볼까 봐 밖에 나가는 것조차 기피하게 된 본인 모습을 인지하고 나서야 상처받았던 순간이 물밀듯이 자신을 괴롭히고 있다는 것을 알게 되었다는 것이다. 피부가 약한 탓에 화장을 잘 하지 않았을 뿐인데 20대가 다 지나가도록 화장 하나 제대로 할 줄 모르는 자신이 잘못 산 것 같아서 심적으로 힘들다고 털어놓았다.

나는 처음으로 그녀에게서 '안타까움'이라는 것을 느껴봤다.

평소에 자존감이 높아서 모난 구석 하나 없을 것 같던 친구가 위태로워 보일 때, 그때 느껴지는 당혹감과 속상함은 그 어느 때보다 컸다. 아무 말을 할 수가 없었다. 한참 그녀의 이야기를 숨죽여 듣다 내가 해줄 수 있는 말이 없음을 깨달았을 때, 그녀가 고등학생 때 입시 준비로 인해 지쳐있던 나에게 자주 해주던 말이 떠올라, 나 역시 그 말을 똑같이 해주었다.

"아니야, 너 정말 괜찮은 사람이야."

나에게 그녀는 꾸밈없는 유일한 친구다.

내면이든 외면이든 꾸미지 않아서 매력적인 친구였고 그런 모습을 모두가 사랑했고, 여전히 우리는 그녀를 사랑하고 있다. 정말 괜찮은, 평생을 함께하고 싶은 사람에게 해줄 수 있는 위

로가 바로 그녀에게서 받아봤던 위로였기에 그 순간에도 그녀
가 좋은 사람이라 느껴지더라. 오늘 한 번 더 연락을 해야겠다.
꾸밈없는 넌 나에게 참으로 소중한 존재라고.

당신은 왜 타인을 사랑하는가

"사랑할 줄 아는 네가 용기 있었던 거야."

출근을 하던 길, 연차를 낸 친구로부터 연락이 왔다. 친구가 연차를 쓴 이유는 구설수 때문이었다. 친구의 외모가 어떻다는 평가부터 시작하여 평소 행실이 어떨 것 같다는 등의 지레짐작까지. 자신도 모르는 사이에 사람들 입에 오르내렸다는 것을 알게 된 친구는 몇 날 며칠을 깊은 회의감 속에서 살아야 했다. 그런데 놀랍게도 그녀는 다시 회사 사람으로 인하여 회의감을 극복해내고 있었다. 구설수에 올라 힘들어하는 친구에게 일부 사람들은 쉬는 날에도 안부를 묻고 친구의 빈자리를 생각하며 꾸준히 그녀의 편에서 좋은 말을 해주었다. 친구는 자신을 위하는 사람들이 있다는 생각에 마음이 풀어진다고 했다.

사람한테 매번 상처받아도 사람이 좋다는 그녀의 말을 듣고
나는 한참을 멍하니 있었다. 내 기억 속의 그 친구는 자존심이
세지만 마음은 여린 사람이었고 밝은 모습으로 가끔은 어리광
도 부리며 주변을 웃게 만드는 친구였다. 중학생 때부터 그녀
를 지켜보던 나는 그녀가 인간관계 때문에 힘들어하고 사람에
게 상처받는 모습들을 여럿 보았다. 그럼에도 불구하고 사람이
좋다는 그녀의 말에, 나와 다른 그녀가 기특하고 대견했다. 사
람을 무서워했기에 늘 거리를 두고 불필요한 감정 소비를 하지
않으려고 하던 나는, 한편으로는 그녀를 잘 이해하지 못하기도
했다.

'인생은 원래 혼자다'라는 마인드를 갖고 살다 보면 정을 주
는 것도, 정을 받는 것도 어색해지는 순간이 온다. 인간관계의
만족감을 얻는 순간이 거품이라는 생각까지 한다. 그런 거품을
만끽하다가는 미끄러져서 넘어질 거란 걱정도 하기 때문에 그
곳을 빨리 벗어날 수 있는 최선의 대안을 찾아 나선다. 그런 회
로를 가진 사람이 바로 나였다.

'나였다.' 과거형으로 문장을 끝내기에는 내 안의 회로는 지

금도 작동을 하고 있는 상태지만 달리 깨달은 사실 하나 때문에 과거의 나에게 잠시 회로를 맡겨둔다.

회로 안에서는 광활한 우주에 혼자 내동댕이쳐져 있는 나를 잡아주는 건 나밖에 없다고 생각했다. 그러나 그 안에서 내가 어찌할 수 없었던 것들이 있었다. 나를 잡아주는 게 나밖에 없다고 느꼈던 쓸쓸한 순간에도 주위의 별들은 여전히 밝았다. 그 밝음은 어찌할 도리가 없었다. 내가 마음 썼던 것들, 내가 사랑한 것들은 언젠가 나를 한 번쯤 꼭 아프게 한다. 그래서 마음 쓰지 않는 쪽을, 사랑하지 않는 쪽을 택해왔지만 마음 썼던 대상은 별이 되고 사랑했던 순간은 빛이 되었다. 이제는 안다. 나를 무너트릴 것 같던 아픔들이 결국엔 스스로를 다잡을 수 있는 길로 나를 인도했다는 것을. 광활한 우주에 홀로 던져진 후에야 미련 없다 말할 수 있었다. 이 사실을 깨닫고, 회로를 과거의 나에게 맡겨둔다 해도 한순간에 내가 쓰지 않은 마음을 갑자기 쓸 수도, 사랑하지 않은 시간을 사랑할 사람으로 바뀌지는 않을 것이다. 그저 내 친구처럼 티 없이 사람을 좋아하고 아껴줄 수 있는 이들을 보면 잠시 생각할 뿐이다.

'당신은 어쩜 그토록 타인을 사랑할 수 있을까. 상처받을 수 있음을 알고도, 때로는 모든 것이 부질없다고 느껴질 텐데도 왜 타인을 사랑하는가. 그것은 사랑받는 대상이 좋은 사람이어서가 아니라 사랑하는 당신이 용기 있는 사람이기 때문이구나.'
하고.

내가 너의 곁에 있을게

"앞으로 함께할 사람들이 좋은 사람으로
너의 곁에 남아, 끝까지 서로를 잃지 않기를."

「I will be by your side」

듣기 좋은 말이다. 행동으로 보여준다면 더할 나위 없이 따
뜻해지는 말.

한 카페에 들렀다. 친구의 추천으로 처음 가본 곳이었는데
카페 사장님께서 자리마다 음료와 함께 엽서를 주셨다. 그 엽서
에는 'I will be by your side'라는 문장이 쓰여 있었다. 처음 가는
카페, 처음 보는 엽서, 흔하지만 처음 보는 듯한 영어 문장—내

가 너의 곁에 있을게. 내 곁에 누군가가 필요할 때가 언제였을까. 옆에 누가 있어줬으면, 함께해 줬으면 좋겠다고 여겼을 때가 언제였을까. 역시나 심적으로 크게 기쁘거나 크게 슬플 때 양극의 선에서 따뜻한 온기를 느낄 수 있기를 바라왔던 것 같다. 극에 달해 있는 누군가의 곁을 지켜준다는 건 결코 쉬운 일이 아니라는 걸 알면서도 말이다.

고역을 맛보고 있는 이의 곁을 지킨다는 것은 기운이 빠지다 곧 지치는 일이 될 수도 있고, 혹은 곁에 있겠다고 약속한 이가 다치게 될 수도 있는 일이다. 이걸 소위 "불똥이 튄다."라고 표현하기도 한다. 가까운 사이라도, 힘든 사람의 옆자리를 기피하는 것을 현명함으로 인식하는 시기가 도래한 듯하다. 그렇다고 해서 기쁜 순간도 예외가 될 수는 없다. 기쁨이 찾아온 그 순간에, 주변 사람들 중 과연 진심으로 기쁨을 함께 누려줄 수 있는 사람이 몇이나 될까? 이 질문으로 인해 주변을 괜히 의심하게 된 것은 아닌지 스스로까지 의심하게 되지만 내가 본 시기와 질투, 열등감은 관계를 마지노선으로까지 끌고 가는 무서운 녀석들이었다.

그렇게 괴로움 앞에, 기쁨 앞에 나만 볼 수 없는 마음들만 남고 사람들은 떠난다.

쓸쓸한 건 둘 다 마찬가지지만 난 후자의 순간이 더 두렵다. 죽을 만큼 힘든 순간에, 죽기 직전까지 안간힘을 다해 홀로 버티는 일은 두렵지 않지만 긴장이 풀려버린 환희의 순간에, 타인의 시기는 내가 어찌할 방도가 없다.

내가 너의 곁에 있겠다는 말…
쉽게 뱉은 말은 결국 힘을 잃고, 굳게 믿은 말은 결국 기대를 잃는다.

우리가 실패의 고배를 들고, 성공의 축배를 드는 순간에도 많은 것을 잃어가지만 그럼에도 불구하고 곁에 남아준 사람이 있다면, 고마움을 갚을 수 있는 길은 그 사람에게 똑같은 사람이 되어주는 것뿐이다. 나도 누군가와 끝까지 함께하지 못한 사람이었으며 지나간 이들 역시 나에게 그런 사람이었지만 문득 엽서를 보니 이제야 생각이 난다. 나는 그들과 영원할 수 없었지만 잠시나마 나란히 걸을 수 있었기에 그 사실 하나만으로 당신이 진심으로 잘되기를 응원했던, 바로 그 시절이.

"I will be by your side."

어디선가 당신도 나와 같은 문장을 보고 있다면 앞으로 함께
할 사람들이 좋은 사람으로 당신의 곁에 남아있기를 바라 본다.
부디 이 문장이 끝까지 서로를 잃지 않는 마법 같은 문장이 되
기를, 이제는 꼭 지킬 수 있는 말이기를.

미친 거 아니야?

"속해있다는 건 참으로 소중한 일이야."

코로나 시국을 제외하면 보통의 대학가에서는 학기의 시작과 끝에 축하 파티를 연다. 개강 파티, 종강 파티라고 부르며 친한 친구들끼리 혹은 학과 사람들끼리 시간을 보내는 것. 대학교에 다닐 때 나에게 가장 기억에 남는 날을 꼽으라면 졸업학년 1학기를 마친 종강 날이라 말할 수 있겠다. 우리 과는 별도로 술자리를 만들거나 파티를 여는 분위기가 아니었기 때문에 시험이 끝나면 피곤한 사람들은 각자 집으로 가는 것이 자연스러웠다. 함께 학기를 보낸 친구들과 실습 걱정을 하며 방학 동안 잘 살아남아서 보자는 우스갯소리를 하고 집으로 돌아오니, 저녁 8시. 같은 과 동기에게 전화가 왔다.

 "언니, 지금 뭐 하세요?"
 "나 집에 있는데?"
 "언니, 저희 술 마시고 있는데 건배사 해주세요."
 "뭐?"
 "건배사요"
 "취했어? 미친 거 아니야?"

 나의 마지막 한마디에 전화기 너머로 함성을 지르는 익숙한
목소리들이 들렸다.

 "미친 거 아니야!!!"

 알고 보니 수신자의 입에서 가장 먼저 나온 한마디가 건배사
가 되는 룰이었다. 그럴 줄 알았으면 수고했다는 말을 해줄걸,
적나라한 표현에도 유쾌하게 감사하다고 말해주는 동기 덕분
에 나도 그 자리에 함께 있는 것처럼 마음이 들썩였다. 언제 한
번 다 함께 놀자고 말하면서도 그 자리에 함께하지 못하는 경우
가 많았는데 그런 마음까지 챙겨서 전화 한 통으로 아쉬움을 달

래주는 게 퍽 고마웠다. 학교생활을 하다 보면 동기가 동기가 아니라 전우처럼 느껴질 때가 있다. 한 학기 중 8번의 조별 과제와 4번의 모의수업 시연, 교재 교구의 제작, 대본 집필 그리고 그 대본을 외워서 연기하고 수정하는 과정을 반복하다 보면 직통으로 고난을 함께 맞닥뜨리는 전우가 되어있었다. 우리끼리의 말로 연기 전공, 문예 창작 혹은 미술 그 어딘가를 배우는 사람들이 아니냐며 장난치기도 했지만 이제 와서 말하건대 나와 내 전우들의 전공은 복지와 보육이다.

사실 동기에게 전화가 오기 전 당시 나는 얼마 남지 않은 학교생활을 걱정했었다. 어느 곳에 소속되어 있지 않을 때, 나를 설명할 길이 없다는 것은 외딴섬에 떨어진 기분이라는 것을 알고 있었기 때문이다. 실습서류에 붙일 증명사진을 찍으러 갔더니 사진작가님께서 취업 사진을 찍냐고 물어보셨다. 순간 할 말이 없어진 나는 그렇다고 답했지만 헛헛한 기분을 떨쳐낼 수가 없었다. 언젠가는 다시 소속되기 위해서 나의 증명사진과 서류들이 세상을 돌아다닐 텐데, 그에 대한 헛헛함이었다.

속해있다는 건 참으로 소중한 일이다.
익숙해서 잠시 잊었지만 내가 몸담는 소속이, 내가 속해있던 소속이 내 인생의 모든 공기를 휘감을 때가 있다. 전화 한 통으로 '함께'라는 마음을 만들어 준 것처럼 말이다.

나를 찾아주던 8월

"누군가가 나를 찾아준다는 것은 참 감사해야
할 일이야."

당시 보육 실습이 끝나고 2주가 지날 무렵이었다. 실습을 하
는 동안 천사미소를 가진 아이, 다가가기 어려웠지만 끝내 마음
을 열어준 아이, 선생님이 제일 예쁘다고 말해주던 아이들을 만
났다. 그런 아이들과 한 달이 넘는 시간을 함께하다 보니 매사
에 감사하며 살아야겠다는 생각이 들었다. 그렇게 실습이 끝나
고 글을 쓰려고 하는데 순간 아차 싶었다. 실습하는 내내 쓴 글
이 3장도 안 됐다. 아픈 감정은 그렇게도 빨리 써 내려가면서
감사함 앞에서는 왜 글을 계속 미루게 되는지, 소소한 행복과

소중함은 늘 나에게 가볍게 다뤄졌던 것이다.

–

　종강한 직후 주변 지인들에게 연락이 왔다. 항상 서로의 안부를 묻고 얼굴을 보고 지내는 인연들. 마치 짜기라도 한 듯 이곳저곳에서 연락이 오기 시작하는데 내가 그들을 만날 여유가 없었다.

　"나 8월 중순 즈음에 실습 끝나. 그때 얼굴 한 번 보자. 연락할게."

　그렇게 형식적인 말로 지인들과의 만남을 뒤로하고 나의 일에 집중하니 어느새 바쁜 일들이 정리되어가고 있었다. 그 무렵 지인들에게 다시 연락이 왔다.

　"월아 실습은 끝났어? 잘 지냈어? 우리 얼굴 봐야지."

　흘려들었을 법한 나의 형식적인 인사를 그들은 기억하고 있었다. 먼저 연락하겠다던 나의 시간을 기억해 줬다는 사실이 고마웠다. 만나는 목적은 따로 없었다. 정말로 얼굴이 보고 싶어서. 그게 다였다. 그래서 더 고마웠다.

그리고 그해 8월 중순 어떻게 기억하는지 하나 둘 연락해오는 사람들을 보며 깨달았다. 그래도 누군가가 나를 찾아주고 내 속도에 맞추어 준다는 것은 참 감사한 일이라는 것을. 먼저 다가가기 어려워하는 나를 배려해 주고, 누군가가 시간을 내어 나의 안부를 물어보는 일, 하나도 당연히 여겨서는 안 될 것들이었다.

아픈 감정은 그렇게도 빨리 써 내려가면서 감사함 앞에서는 글을 왜 계속 미루게 되는지, 소소한 행복과 소중함은 늘 가볍게 다뤄진다는 것을 다시 한번 느꼈다. 실습을 거쳐 내 일상으로 돌아오며 미처 인지하지 못했던 소중함이 다시 보였다.

내 주변과 내가 가진 것들에 감사하고 소중히 여길 수 있기를 바라며 당시 첫 문장을 이렇게 기록했다.

「덕분에 8월은 체감이 뜨겁다 못해 마음까지 타오른다.」

잔향이 좋은 사람

"오랜 시간이 지나야 진가를 알아볼 수 있으니
말이야."

휴가 첫날 홀로 을지로에 다녀왔다. 향을 좋아하는 내가 직접 디퓨저 원재료를 고르고 싶어서 근처 시장에 갔다.

사람마다 나는 특유의 향이 있다. 달달하고 따뜻한 느낌이 드는 향, 포근한 향, 시원한 향 등등. 문득 뒤를 돌아보게 만드는 향이 있다. 때론 향기가 그 사람을 근사하게 만들어주기도 하고, 개성을 만들어주기도 한다. 우리는 어떤 향을 품은 사람일까? 처음 맡았던 향과 시간이 지나 남게 되는 잔향이 다르듯 사람도 비슷하다. 며칠 전 친구가 나에게 물어보았다.

"월아, 너는 사람을 믿는 데에 있어서 결정적인 사건이 중요해 아니면 함께한 시간이 중요해?"

한 번도 들어보지 못한 질문이라서 답을 하기까지 시간이 필요했다. 그 순간에 나는 내가 관계 맺은 인연들을 떠올려야 했고 몇 분이 지나고 나서야 '시간'이라고 답할 수 있었다. 사람을 쉽게 믿지 않는 나는 갑작스럽게 친한 인연을 만드는 일이 없었다. 지금 내 곁에 있는 인연을 믿게 된 계기도 특별한 사건 때문이 아니었다. 그저 사건-사건-사건이 모인 오랜 시간 덕분에 그들과의 연을 믿을 수 있었다.

물론 오랜 시간을 함께했다고 '영원한 관계'라 믿지는 않는다. 소중한 관계가 틀어지는 경우도 허다하며, 계속해서 이어져 온다고 한들 우리는 언젠가 사라져서 자연으로 돌아갈 존재이기에 관계에 '영원한'이라는 형용사가 붙는 일에 동의할 수 없다. 비록 영원한 것은 없지만 그래도 시간이 흘러야만 알아볼 수 있는 것들에 더 마음이 가곤 한다. 앞에 놓여있는 향의 원료들을 가만히 지켜보고 있자니 사람의 첫 모습과 마지막 모습이

얼마나 닮아있고 달라져 있는가가 우리에게 큰 의미를 부여해
준다는 생각이 들었다. 마치 첫 향과 잔향처럼.

　처음과 끝이 한결같이 닮았다고 해서 좋은 것도 아니며, 달
랐다고 해서 나쁜 것도 아니다. 나와는 맞지 않을 거라고 생각
했던 첫 모습이 마지막 순간에는 나에게 너무나도 소중한 모습
일 수 있다. 어떠한 사람도 완벽할 수 없다. 좋고 나쁨은 작용을
주고받는 자의 판단일 뿐이다. 단지 내가 사람을 믿고 마음을
주는 데에 있어서 시간을 택한 이유는 오랜 시간이 지나야 사람
의 진가를 알아볼 수 있는 법이기 때문이다. 잔향의 역할은 언
제나 중요했다. 짜릿한 감각을 느끼게 해주는 것이 아니라 은은
하게 그 자리에 있어주는 이들의 잔향.

　집에 돌아와서 추가적으로 디퓨저를 담을 공병을 주문했다.
오랜 시간이 지나야 진가를 알아볼 수 있는 잔향이 좋은 사람
들, 그들의 머릿수를 세고 그에 맞게 공병을 주문하고 나니 욕
심이 생겼다. 나도 오랜 시간이 지나 맡을 수 있는 잔향이 좋은
사람이고 싶다고.

친절을 포기하는 날이면

"내가 베푸는 호의가, 상대가 이 세상에서 받게
될 마지막 호의라고 생각하면 이 세상에 안 친
절할 것이 없어."

친구 아버지께서 20년 동안 과일 장사를 하셨다. 차량 이동
판매 장사를 하시며 방방곡곡을 돌아다닌 덕분에 사람공부를
많이 했다고 말씀하셨다. 멀리 사는 자식들이 부모님이 계시
는 본가에 내려올 때면 보통 대형 마트에서 이미 장을 봐서 오
는 경우가 대부분이다. 물론 장바구니 안에는 과일도 포함되
어 있으니 사실 친구 아버님의 장사는 동네 주민들 장사가 대
부분이었다. 그런 와중에 멀리서 온 자식들이 부모님을 모시고

동네를 둘러보는 길이면 차량에 가득 실린 과일에 대해 반응이 각양각색인데, 대개 자식들의 반응은 크게 두 가지로 나뉜다고 하셨다.

1. "내가 장 봐왔잖아. 집에 있는데 뭘 또 사. 쟁여놓으면 저걸 다 누가 먹어."

2. "뭐 더 드시고 싶은 거 있으세요?"

이 이야기를 해주시면서 부모님이 살아계실 때 자주 찾아뵙지는 못하더라도 말이라도 예쁘게 하는 편이 나중에 후회가 안 남을 거라고 말씀하셨다. 그러면서 뒤이어 아버님께서 잊지 못하는 손님에 관해 이야기해주셨다.

장사를 하던 동네에 창만 바라보는 할아버지가 계셨는데 가끔 할아버지의 자식들이 와서 과일을 사가곤 했다. 수년간 그 동네를 오고 갔는데 할아버지와는 대화를 나눈 적이 없다고 하셨다. 그러던 어느 날 할아버지가 처음으로 아버님께 과일을 달라고 하셨는데 다음 주에 자식들이 올라오면 갚겠다며 외상 처리를 해달라고 하신 것이다. 친구 아버님은 말은 안 섞어도 자주 봅는 동네 어르신이기에 받을 생각 없이 그냥 드시라고 과일을 내주셨는데 그날이 유독 잊히지가 않는다며 웃어 보이셨다. 어르신께서는 과일을 받은 그 다음날 돌아가셨고 결국, 친구 아버님은 자신이 내준 과일이 어르신 생전에 이름 모를 이에게 받았을 마지막 호의였다는 생각을 하면 마음이 참 이상하다고 말씀하셨다. 그러면서 화가 나고 짜증이 나는 인생이어도 사람에게 친절해야 한다고 당부하셨다.

친절은 갑의 선상에 있는 사람이 을에게 베푸는 배려도 아니며, 을의 선상에서 갑에게 당연하게 베풀어야 하는 감정 소모도 아니다. 친절이란 따뜻한 마음이 다정한 투로 표현되는 것일 뿐, 본래의 친절은 그 누구에게도 권리성으로 작용하는 것이 아니다. 일적으로 맺은 관계가 많다 보니 비즈니스적인 표현으로 많이 쓰이지만, 결국에는 목표한 바를 이루는 것의 초점보다는 마음 다치는 일 없이 살아가는 것에 초점을 두는 게 친절의 본래 모습이 아닐까.

물론 우리네 일상에서 친절함을 찾기란 말처럼 쉽지가 않다. 아침에 올라탄 출근길 지하철에 몸을 꾸겨 넣느라 미간이 찌푸려지고, 피곤하고 아픈 몸을 이끌고 사람들이랑 부딪혀야 해서 불쾌하고, 새벽 길가에 이어지는 고성방가에 평온을 느낄 새가 없는 하루하루를 살아가고 있으니 말이다. 친절은 그저 마음 좋은 사람들이나 할 수 있는 이야기이며 괜한 친절을 베풀었다가는 바보가 될 것만 같아서 오늘도 친절을 포기하고 만다. 참 쉽지 않은 친절이다. 내가 베푸는 호의가, 상대가 이 세상에서 받게 될 마지막 호의라고 생각하면 이 세상에 안 친절할 것이 없다는 아버님의 교훈.

참으로도 부족한 내가 친절을 포기하는 날일 때면 아버님의 잠언이 유독 가슴속에 맴돈다.

부모가 되어서

"넌 절대 나의 후회가 아니야. 자랑이지."

점심을 먹다 말고 끌탕을 했다.

"나 글 써야 되는데… 원고 작업 빨리해야 하는데….“
"글이 써진다고 써지니. 작가란 고통도 겪고 시련도 겪어야지."

엄마는 내 끌탕을 가로막고 말을 계속 이어나갔다.

"근데 너는 작가이기 전에 내 딸이잖아. 그렇게 살지 않았으
면 좋겠어. 고달픈 길은 걷지 않았으면 좋겠고. 100%는 아니어

도 꽃길만 걸었으면 하는 게 엄마 마음이야."

가끔 '그래 저 사람도 힘들겠지.'라는 생각을 한다. 그 생각은 같이 일하는 동료를 향할 때도 있고 불친절한 종업원을 향할 때도 있지만, 우리 부모님도 비껴가지 못한다. 자식 일이라면 발에 불을 켜고 동동거리는 부모님을 볼 때마다 생각했다.

'나보다 부모님은 더 힘들겠지.'

그리고 이내 내 몸 하나 건사하기 힘든 세상에서 더 책임져야 할 것을 만들지 말아야겠다고 다짐했다. 부모가 되지 않고, 더 이상의 가족을 만들지 않고 혼자 사는 삶이 더 편하지 않을까 하는 생각으로 흘러 넘어간 거다.

그리고 저녁을 먹을 때도 나의 끝탕은 계속되었다.

"엄마 아빠는 부모가 돼서 힘들지 않아?"
"아빠가 왜 힘들어. 부모가 돼서 좋지."
'아빠가 속이 좋은 사람이라 그런 걸 거야.'
"엄마는 좋을 때도 있고 안 좋을 때도 있어. 부모 된 입장에서 자식을 책임져야 하는 입장이니까 그게 힘들 때가 있지 엄마도."

'그래. 차라리 엄마 말이 현실적인 답변일지도 몰라.'

흰쌀밥을 입에 가득 넣고 2차 질문을 했다.

"그럼 부모가 된 거 후회하지 않아?"
"후회를 왜 해."
"엄마도 후회는 안 해."

그렇게 나의 끌탕도 끝이 났고 저녁식사도 끝이 났다.

'죽었다 깨어나도 자식은 부모 마음을 모르겠구나.'

여전히 시간이 흘러 혼자가 되는 삶을 살게 되면 편하지 않을까 하고 생각한다. 영원한 것은 없기에 지금 내 곁에 있는 가족과도 언젠가는 헤어지는 날이 올 테지만 만약 정말로 내가 다른 가족을 만들지 않고 혼자 산다면, 어쩌면 나는 부모 마음을 헤아릴 수 없다는 점 하나는 영원히 가지고 가겠구나 하는 생각이 든다. 사람 일은 장담하지 못하는 거지만, 나는 부모라는 존재로 세상을 책임질 자신이 아직은 없어서 운전을 하는 아빠의 뒷모습이, 빨래를 개는 엄마의 뒷모습이 크게 느껴진다. 어떻게 살아온 걸까, 어떻게 책임을 다하는 걸까 묻고 싶지만 후회하지 않는다는 말로도 이미 충분했다.

선생님의 마음을 기억합니다

"처음이라 서툴렀어도 우리의 추억은 향수가
되기에 충분하니까."

처음 가본 장소를 기억하는 일은 내게 흔한 일이 아니다. 다만 누구와 그 장소를 처음 가보았느냐에 따라 기억의 기한이 정해지는 것 같다. 그래서일까, 전에 갔던 장소를 우연히 들르게 되면 그때 무엇을 했는지보단, 함께했던 사람이 먼저 떠올라 반가운 마음이 들 때가 있다.

대학로에 처음 가본 건 초등학교 5학년 때였다. 그때 우리 반만의 특별한 이벤트가 있었는데 바로, 학급에서 모범적인 친구에게 각종 보상 쿠폰을 뽑을 수 있는 기회를 주는 것이었다. 보상 쿠폰 중에는 한참 흰 우유가 싫은 12살 아이들이 우유에 초코 가루를 타 먹을 수 있는 1회 이용권, 청소 면제권 등이 있었다. 그중 가장 인기가 많은 것은 '선생님과의 데이트' 쿠폰이었는데 데이트 쿠폰은 한번 뽑는다고 되는 게 아니었다. 똑같은 쿠폰을 5개나 모아야 사용할 수 있는 가장 따내기 어려운 최고의 보상이었다.

한 학기를 열심히 생활한 나는 결국 쿠폰 5장을 다 모아 선생님과 데이트를 할 수 있게 되었다. 곱슬곱슬한 중단발 머리에 웃는 게 천사 같았던 선생님과의 데이트 날이 다가올수록 학급 아이들은 부러운 마음에 나를 질투하기도 했다. 쿠폰 5장을 모은 또 한 명의 친구와 담임선생님 그리고 내가 함께 간 장소는 대학로였다. 대학로에 가서 난생처음 파스타를 먹고, 꽃잎 열쇠고리를 만들고 스티커 사진을 찍었던 일이 생생하게 기억난다. 열쇠고리에 어떤 꽃잎을 넣어야 하는지부터 스티커 사진을 찍을 때는 사진 찍히는 타이밍을 맞추는 일까지, 모든 게 처음이라 우왕좌왕했던 모습이 여전히 눈앞에 선하다. 심지어는 그날 입었던 옷도 기억난다. 선생님과 먼 길 나간다고 옷장에서 제일 예쁜 다홍색 원피스를 입었으니까.

그때는 그곳이 대학로인지도 몰랐고 혜화역에서 내리면 갈 수 있다는 사실도 몰랐다. 그냥 선생님과 함께한 추억만 생각날 뿐. 웃기게도 그곳에 다시 가고 싶어도 어딘지를 모르니 갈 수가 없었다. 조금 더 커서 중학생이 되었을 때 현장체험으로 대학로를 다시 가게 되었는데, 그제야 선생님과 데이트했던 곳이 대학로였다는 것을 알게 되었다. 그때 당시 낯익었던 붉은 벽돌 건물을 보고 내가 추억하던 곳이 대학로였다는 것을 알게 된 순간, 괜스레 그곳이 더 반갑게 느껴졌다. 대학생이 되어 매일 혜화를 지나칠 때마다 혹은 혜화에서 선약이 있을 때마다 선생님을 생각했다. 쉬어야 하는 주말임에도 불구하고 제자들에게 좋은 추억을 선물해 주셨던 선생님 생각.

나의 어린 시절 선생님은 참 큰 존재였는데 내가 그때의 선생님 나이가 되어보니 알겠다. 선생님도 참 어렸다는 것을. 첫 제자들이었기에 우리를 더 위하고 싶었다는 것을.

그 시절의 나와 그 시절의 선생님. 그리고 우리가 함께했던 그 시절의 대학로.
무엇보다 나는 그 시절, 선생님의 마음을 기억한다.
그건 '제자들을 위한 사랑'이란 말로 설명할 수 있을 것이다.

처음이라 서툴렀던 그 모든 것은 향수가 되기에 충분했고 지
금도 반갑다.

교환일기장-소박한 정성에 대하여

"정성 어린 마음이 전해졌을 때, 우리는
이따금씩 마음이 포근해지곤 해."

초등학생 때 친구들과 교환일기장을 썼었다.

정확한 내용은 기억이 잘 안 나는데 어떤 느낌이었는지는 기억난다. 언제 어디서 무엇을 했고, 무엇을 느꼈는지 쓰는 일기가 아니라 우리끼리만의 비밀 창구 같은 느낌이었다. 공책 한장에 각자 자신의 방을 만들어 원하는 대로 꾸미고 그 밑에 친구들이 댓글을 쓰면서 하루 일과의 이야기를 짤막한 형식으로 나눴던 기억. 친구들에게 한마디를 쓰고 나에게 한마디를 적어주는 게 뭐가 그리 좋았던지, 나에게 친구들이 답글을 써주지 않으면 그게 무척이나 서운했다. 그러다 한두 명이 안 쓰기 시작하면 그 교환일기장은 끝내 수명을 다한다. 그렇게 만들고 없어지고를 반복하다 고학년이 되면서 교환일기장을 아예 쓰지 않았다.

나만의 공간, 그리고 우리의 공간, 공유와 반응성.
어쩌면 지금은 SNS가 그 역할을 하고 있는지도 모르겠다.
단순히 어린 마음에, 친구들의 반응이 시원찮으면 섭섭한 것인 줄 알았는데 어른이 된 지금도 별반 다르지 않다. 많은 사람에게 사랑받고 칭찬을 듣는 일은 인간의 내면에 깔린 본능적인 욕구가 아닐까 싶다.

버튼 하나로 띡!띡! 서로에게 관심을 주고받는 일에 있어 너무나 편리한 세상이지만 가끔은 공책 속에 그려진 내 방을 꾸미기 위해 스티커를 사고, 친구들에게 답글을 써주기 위해 형형색색 색깔 펜을 골랐던 그 소박한 정성이 그리워질 때가 있다.
사람 사이의 정성이 그립다는 생각이 든 건 아무도 나를 소외시키지 않는데 왠지 모를 소외감을 느끼기 시작했을 때부터였다. 인간관계도 노력해야 한다고 하지만 노력은 결과물을 위한 과정일 뿐이라는 생각이 들었을 때부터, '정성'의 의미는

더욱 달리 받아들여졌다.

추운 겨울 전학 온 친구와 친해지기 위해 길거리에서 산 붕
어빵을 나눠주었던 일.

스승의 날을 기념하기 위해 초록색 칠판 위에 그림을 그리고
삐뚤빼뚤 쪽지를 썼던 일.

가족끼리 소풍가던 날 도시락 싸는 걸 도왔던 일.

아픈 아빠를 위해 처음으로 죽을 끓여본 일.

응원하고 사랑하는 제자들에게 꽃다발과 편지를 전해주었
던 일.

노력으로 설명하기에는 우러나온 마음이 다 큰일들이다.

정성 어린 마음이 전해졌을 때, 우리는 이따금씩 마음이 포
근해지곤 한다.

내가 본 정성은 결코 당연시 여기면 안 됐던 누군가의 진심
이었으며, 그 안에는 늘 사랑이 자연스럽게 녹아들어 있었다.

정성을 쏟는 사람과 받는 사람 모두 기분 좋은 설렘을 느끼는
일이었다.

꼬마였던 나의 가장 소박했던 정성, 마음껏 색깔 펜을 고르

는 일.

　교환일기장 속에 보인 작은 세상이 '정성'이라는 단어로 나를
품어줄 줄 누가 알았을까.

내가 본 차분함에는 온기가 있어서

"차분함에 이르러, 우리 결국 편안하기를."

타인이 내 성향을 이야기할 때 공통적으로 하는 말이 있다. 차분하다는 것.

처음부터 그랬던 것은 아니고 20대가 되면서 유독 자주 들었던 말이다. 수십 명이 보는 앞에서 발표를 해야 할 때, 예상치 못한 사고에 처했을 때, 실습을 하면서 수업을 진행해야 했을 때에도 나는 늘 차분함을 유지했다. 언제인가부터 나의 지인들은 차분함을 넘어 안정이란 단어로 나를 표현하기 시작했다. 처음 보는 사이임에도 불구하고 오래 알고 지낸 사람처럼 편안하다는 이야기를 들을 정도였지만 정작 나는 내 모습이 어떤지 몰랐다. 내가 가진 차분함이 상대에게 어떤 영향을 끼치는지도 잘 감지하지 못하는 사람이었다. 오히려 '내가 차분하다고?'라며 지인의 말을 의심할 때도 있었으니 말이다.

그런 내가 차분하다는 말을 사랑하게 된 계기가 있다. 해야 할 일, 하고 싶은 일을 실행으로 옮기지 못해 발목이 묶여있다는 생각이 들 때였다. 그 시절 우연히 차분함을 접했는데, 오감의 폭이 뒤틀리 듯 갈피를 못 잡던 마음이 가라앉는 느낌이 들었다. 이런 게 차분함이구나. 차분함이란 내가 어떤 상태인지를 인지시켜주는 녀석과도 같았다. 무엇보다 길을 잃었을 때 길을 찾는 게 우선이 아닐 수도 있다는 것을 처음 느껴보게 해주었다. 잠시 놓아주는 것도 방법이라는 것. 움켜쥐고 있던 것들을 놓아버려도 괜찮다고 말해주는 것도 같았다. 이렇듯 내가 본 차분함에는 사람을 안정시키는 온기가 있었다.

그래서 그 차분함을 누구에게서 느꼈냐고 묻는다면 안타깝게도 답할 수가 없다. 사람이 아니기 때문이다. 나는 차분함이란 감정을 책을 통해 느꼈다. 책 내용과는 무관하게 책이 주는 겉모습과 분위기에 강렬하게 이끌렸으니 어쩌면 1차적인 것은 사물로 인해, 2차적인 것은 섬세한 문장선을 통해 느낀 것이라 말할 수 있다. 무엇보다 이 모든 것에 사람과의 '대면 작용'이라는 게 없었다는 사실이 더 놀랍다. 오로지 뇌 속에서 일어나는 작용이었다.

가끔 생각한다. 차분함을 느낀다는 것에 대하여.

그리고 지나온 과거에게 묻는다.

상대가 나에게 느꼈던 차분함은 안정감과 같은 것이었을까.

그래서 결국 나는 그들에게 정말 안정을 주는 사람이었을까.

지금도 그들에게 나는 그런 사람으로 남아있을까.

꼬리에 꼬리를 무는 생각이 뒤엉켜 복잡할 때가 있지만 바라는 건 하나다.

우리를 붕 뜨게 했다가, 가라앉히는 삽시간의 무수한 순간 속에서 때로는 차분한 사람이나 사물이 곁에 머물러 있기를 바랄 뿐이다.

그렇게 머무른 차분함 덕에 안정된 상태에 이르러 우리의 마음이 거품처럼 꺼져버리는 일이 없기를. 마침내 먼 훗날에는 차분함이라는 그 녀석이 문득문득 살을 헤집고 들어오지 않아도 될 만큼 편안했으면 좋겠다.

아카시아, 나를 머금고

"소박하지만 꽉 찬 행복을 느낄 수 있었던
시절이 그리울 때, 참 잘 컸다."

며칠 전 예전에 살던 동네에 다녀왔다. 지금 사는 동네와 같
은 동네이지만 고작 5분 거리인 그 아파트 단지에 가면 아카시
아 향이 진동을 한다. 중학생 때 살던 곳이었는데 성인이 돼서
그 아파트를 가니 기분이 몽글몽글해졌다. 정확히 말하자면 내
가 그 시절에 좋아했던 아카시아 향기가 여전히 그대로여서 기
분이 좋았다.

특정한 향기에 자극받아 과거의 기억이 되살아나는 것을 프

상현달,
어렴풋이 빛난 마음들

루스트 현상이라고 하는데 나도 그런 현상을 종종 겪곤 한다. 학생 때 긴 머리카락을 말리지 못한 채 부랴부랴 교복을 입고 집을 나오면 아카시아 향기가 났다. 그 향을 맡으면 하루를 설레는 마음으로 시작할 수 있었고, 아직도 아카시아 향만 맡으면 학생 때 등교를 하던 내 모습이 떠오른다. 어떻게 보면 향 하나로 '예전'을 기억해 내는 것이 신기하지만 마음속으로 좋아하던 시절을 자연스럽게 떠올릴 수 있는 경험 자체만으로 마음이 따뜻해질 때가 있다. 10대라는 나이가 그리운 것도, 학교생활이 그리운 것도, 그때의 친구들이 그리운 것도 아니다. 그냥 앞산에서 풍기는 아카시아 향에도 미소 지을 수 있었던 순수함과 여유로움이 그립다. 이런 것에도 행복해할 수 있었던 시간, 소박하지만 꽉 찬 행복을 느낄 수 있었던 시절이 그리울 때가 있다.

예전에 내가 살던 집에 가려면 오르막길을 조금 더 올라가야 했는데 그곳을 오르면서 자주 했던 말이 있다.

"우리 집이 조금만 밑에 있었으면 좋겠어."

무더운 여름철에는

"이제 그만 걸었으면 좋겠다. 이쯤에서 우리 집이 있었으면 더 안 걸어도 되고 얼마나 좋아."

학생 때 그렇게 5분을 더 걸어가서 집에 도착하면, 털썩 가방을 내려놓곤 했는데 이제는 그 5분을 더 겪어내지 않아도 된다. 겪어내고 싶을 때 겪어내면 된다. 참 희한도 하다. 멀게만 느껴지던 그 길이 그리워지다니. 성인이 된 이후 나는 이전과 다름없이 나의 본분에 맞는 일을 하고 때로는 이곳저곳 자리를 옮기며 산다. 그렇게 살다가 내가 자란 동네에 가면 온기와 편안함이 있었고, 또 다른 자유가 주어진 느낌이 들었다. 이 모든 것들이 공존하는 느낌이 좋아서 요즘은 5분을 더 걸어 그곳을 찾곤 한다.

그곳을 다시 찾았던 그날 저녁에도 아카시아 향기가 풍겼다. 예전 그 무엇인가가 동네에 서 있던 나를 안아주는 느낌이 들었다. '참 잘 컸네.'라고 말하며 바람결로 내 머리칼을 쓰다듬고 '잘 살고 있구나.'라고 말하며 살랑이는 나뭇잎으로 등을 토닥이고 '잘 해내왔구나.'라고 말하며 저무는 노을로 내 손을 이끈다.

— 나에게 아직 내디뎌볼 자리가 남아있으니 어서 돌아가라고, 목적도 방향도 다 잃어버려 길을 헤맬 때 한 번 더 찾

아오라고 한다.

그곳의 향기는 그렇게 나의 모든 것들을 머금고 있었다.

보름달,

part. 4

굽히지 않는 마음들

뿌린 대로 거둔다

　　　　　"마음에서 우러나온 선행은 반드시 느껴질
　　　　　거야."

　"너 진짜 그러다 벌 받아."

　타인에게 상처를 주거나, 잘못된 행동을 하는 사람에게 참다
못해 내뱉은 말이다. 바르지 못한 행실은 다 되돌려 받는 법이
니 나쁜 마음으로 살면 안 된다고 말씀하시는 어른들을 자주 뵀
었다. 나 역시도 뿌린 대로 거둔다는 말이 무서워 남에게 해 입
히지 말고 선한 마음으로 살아야겠다고 말한 적이 있었다. 지금
생각해 보면 뿌리는 게 초점이 아니라 거둔다는 것에 초점을 둔

사실이 지극히 이기적이었단 생각이 들어 부끄럽다.

어느 날 내게 한 스승님이 말씀하셨다.

"남한테 준 에너지는 어디 다른 데로 안 가고 꼭 네가 되돌려 받을 거야."

대학교 자퇴를 하고, 원하는 일을 찾아서 살고 있는 나의 삶이 많은 사람에게 좋은 에너지가 되었다는 소식을 들었다. 스승님께 그 소식을 듣고 난 뒤 얼마 지나지 않아 또다시 들려왔던 이야기가 바로, 위의 이야기였다. 남한테 준 에너지를 내가 되돌려 받을 수 있다니, 머리를 땡 하고 맞은 기분이었다.

'인과응보'라는 것이 언제부터 악에만 치우친 개념이 되었을까?

사람으로부터 나온 좋은 에너지, 선한 영향력도 되돌려 받는다는 것을 왜 이제야 깨달았는지, 악함은 익숙하고 선함은 낯선 세계에 놓여있었다는 생각에 한동안 묘한 기분으로 밤잠을 설쳤다.

우리는 얼마나 많은 악함을 봐왔던 걸까….

가끔 아니 자주, 선의 마음을 이용하는 사람들이 있다는 걸 알기 때문에 내 안의 선함을 경계하면서도 양심에 못 이겨 악하게만 살지 말자고 말했던 건 아닐까? 그 속에서 나는 도대체 어떤 격려와 응원들을 주고받은 건지 혼란스러웠다. 다른 사람에게 힘이 되고 위로가 된다는 것이 은혜로운 일이라는 생각에는 변함이 없지만 더 조심스러워졌다.

뿌린 대로 거두는 게 무서워서, 때로는 양심에 못 이겨서 행하는 선함은 이기적인 마음을 내포하고 있었기에. 더불어서 간과하지 말아야 할 사실이 있다면 타인의 불행에 행복을 느끼고 힘을 느끼면 안 됐었는데, 남의 불행 앞에 필요가 되고 싶어 하는 나의 섣부른 마음 역시 선함이 숨겨둔 욕심이었다.

스승님의 말씀처럼 되돌려 받는 게 맞다. 마음에서 우러나온 선행은 반드시 느껴진다.

물론 대가를 바라고 선함을 행사하거나 잘 포장된 선행 역시 민낯이 드러나기 마련이다.

나로부터 나온 영향력은 내 마음에서 우러나오는 것들이기에 진실한 마음이 나에게 다시 되돌아온다는 사실.

선행도 악행도 뿌린 대로 거둔다. 마음에서 우러나온 그대로.

초심의 덕

"초심을 잃지 않고 오래간다는 것은 큰
덕이야."

20살 여름에 운전면허증을 취득했다. 워낙 겁이 많은 성격
이라 차를 끌 수 있다는 설렘보다는 걱정을 많이 했다. 시험을
보기 전에 동영상 사이트를 찾아보면서 기술을 눈에 익혔는데
노란색으로 도색된 차 조수석에 앉아 계시는 선생님을 보면 늘
긴장이 됐다. 특히 S 코스를 연습했을 때 함께 주행을 도와주셨
던 분은 아직도 기억난다. S 코스를 운전한다고 해서 핸들을 마
냥 한쪽으로만 꺾는 것이 아니라고 알려주셨는데 그런 가르침
보다도 "많이 어렵죠?"라고 물어봐 주신 게 더 깊이 남았다. '처

음이 어렵다.'라는 말의 반대는 '마지막은 쉽다.'가 아니라 '익숙해지면 쉽다.'라는 말이 아닐까? 익숙한 사람에게는 아무것도 아니지만 처음 해보는 사람은 모든 게 낯설고 어려우니 긴장할 수밖에 없다.

처음이 어렵다는 건 운전이 아니더라도 학교생활, 직장생활 등 다양한 방면에서 마주하는 자연스러운 일이다. 그러나 이토록 자연스러운 일을 우리는 자연스럽게 받아들이지 못한다. 낯섦과 낯설지 않음, 두 차이가 힘의 상하관계로 작용하는 경우가 많기 때문이다. 자신에게 익숙하고 편한 일이라고 해서 "많이 어렵죠?"가 아니라 "이게 그렇게 어려워?"라고 물어봤다면 내가 느끼는 감정은 완전히 달랐을 것이다.

한 번은 설계를 전공한 친구가 울먹이며 찾아왔다. 생애 첫 직장에서 처음 맡게 된 업무가 기존 제품을 리모델링을 하는 작업이었는데 회사에서 사용하는 전용 프로그램이 학교에서 배웠던 프로그램과는 다른 시스템이었다. 그래서 담당 사수한테 질문을 하자 딱 한마디로 자신의 입을 막아버렸다고 했다.

"너 대학 나왔다면서 이것도 못해?"

그의 말처럼 신입이 대학을 나온 것은 사실이지만 그 회사는 처음 아니겠는가. 대학 나와서 어느 회사에 가든 처음부터 척척 박사처럼 잘할 거면 사실 사수도, 인수인계도 필요 없다. 그도 처음을 겪었기 때문에 모를 감정은 아니었을 것이다. 자기는 처음부터 잘했다고 말한다면 할 말은 없지만.

이런 현상들이 조금 더 대외적으로 확장될 때 우리는 '초심'을 논하기도 한다. 개구리가 올챙이 적 생각을 못 한다는 말처럼 사람들은 처음을 잘 기억하지 못한다. 부족했던 과거의 자신은 생각하지 못하고, 처음을 겪는 사람을 무시하곤 한다. 이것이야말로 초심을 잃어 나오는 행동이 아닐까. 윗자리가 자리여도 가르침을 주는 것과 우위에 서서 함부로 구는 것은 엄연히 다르다. 다음 세대에게 위치가 변해도 초심을 잃지 않고 오래간다는 것은 앞 세대가 보여줄 수 있는 큰 덕이다. 타인의 상황을 공감하기보다는 자신이 아는 것을 더 말하고 싶어 화를 내는 일이 다반사인 현생에서 이 정도면 훌륭한 덕이 확실하다.

"많이 어렵죠?"라는 말 한마디면.

못난 사람이 된다는 것

"내 안의 못남을 늦지 않게 뉘우치며,

못난 사람이 되지 말자."

어느 날 정말로 못나게 살지 않을 거라고 이를 갈고 다짐했던 적이 있다.

못났다는 것.

사람마다 기준은 다양하다. 어떤 것을 못났다고 여기는지, 각자가 느끼는 바는 전부 다를 테다. 내가 생각하는 못남은 이렇다. 자신만 피해를 입었고 자신의 상처만 중요하다고 생각하는 사람. 그리고 그런 자신의 감정을 마구 뱉어내는 사람(혹은 말이라는 수단을 이용해 밑도 끝도 없이 자신을 과시하는 사람), 무엇보다도 그런 감정을 쏟아내는 동안, 쏟아낸 후에도 상대의 표정과 마음을 살피지 못하는 사람. 실제로 이와 비슷한 사람을 겪으면서 저 사람은 왜 자신의 감정만 중요하게 살피는지 이해가 되지 않았다. 상대를 마주할수록 나는 감정쓰레기통이 된 것만 같았다.

잠시 상대에 대한 마음이 수그러들면 내 기분이 괜찮아질 수 있을지 몰라도 모습 자체가 못났다는 생각에는 변함이 없었다. 대화로 풀어보려고 해도 오랜 시간 동안 자리 잡은 사람의 행동 양식이나 내보이는 성격을 바꿀 재주는 없었고, 바꿀 권리도 없었다. 그저 못났다는 생각을 불쑥불쑥 하게 만드는 사람을 볼 때면 결국 상대와의 관계를 포기하곤 했다.

인간관계에서 포기란 그 사람에 대해 기울이는 노력이 '0'이 되는 시점을 의미한다. 포기하게 되면 상대가 어떤 말을 해도 그것은 나에게 남지 않는다. 그럼에도 불구하고 여전히 내가 지친다고 느껴지면 노력이라는 것조차도 '0'으로 둘 필요가 없는 남이 된다. 나 역시도 그 대상이 됐었고, 언제라도 또 될 수 있을 거라고 생각한다. 좋은 사람이길 바라지만 나도 누군가에게 '저렇게는 살지 말아야지' 하는 못난 대상이 될 수도 있고, 그로 인해 타인에게 상처를 입혔을 수도 있는 거다.

우리 모두는 누군가에게 소중한 존재였다가, 짠한 존재가 되기도 한다. 감사한 존재였다가 못난 존재가 되기도 하며 눈에 넣어도 안 아플 가슴 미어지는 존재였다가 눈엣가시가 되기도 한다. 이를 미루어 볼 때 관계라는 것을 정의 내린다는 것이 얼마나 복잡하고 때로는 허탈감이 드는 일인가. 그럼에도 못났다는 생각이 드는 것은 그만큼 실망했다는 뜻일지도 모른다.

못난 사람이 되지 말자고 다짐했던 날, 나를 지치게 했던 내 못난 상대가 나에게 미안하다고 사과했다. 그 당시에 나는 사과를 진심으로 받아주지 못했다. 받아주고 싶지 않은 게 아니라 사과를 받아줄 힘이 없었다. 여러 번의 사과는 점차 힘을 잃는다는 것도 못난이를 보면서 배웠으니까. 못난 사람이 된다는 건 그런 의미다.

그래서 못나게 살지 말자고 다짐했다. 그게 욕심이라면 내 안의 못남이 튀어나와 혹여 상대를 아프게 했을 때 적어도, 늦지 않게 뉘우치고 사과할 수 있는 사람이 되고 싶었다. 정말로.

자존감 vs 자존심

"멈추는 것과 머무르는 것은 달라."

한때 자존심과 자존감 두 단어를 두고 둘의 차이는 무엇인가에 대해서 열띤 토론을 했던 적이 있었다. 20대 초반, 내가 태어나고 자란 동네의 학교가 아니라 새로운 환경에서 사람들을 만나면서 처음으로 자존감에 대해 생각해 보았다.

동네 학교에 다니는 10대일 때의 나는 스스로 교우관계도 원만하다고 느꼈고, 성적도, 취미활동도 노력하는 만큼 성과를 얻었다고 생각해왔다. 그러나 그 모든 것은 나를 둘러싸고 있었던 환경이었을 뿐이었다. 이곳이 아닌 다른 어떤 곳에 놓여있든, 어떤 상황에 처해있든 나는 나 자신을 사랑할 수 있을까 고민하기 시작한 것이다.

자존감에 대한 고민을 해결하지 못한 채 시간만 지나갈 무렵, 자존감과 자존심 그 어딘가의 경계에서 나를 되돌아보기를 반복했다.

자존심: 남에게 굽히지 아니하고 자신의 품위를 스스로 지키는 마음.(표준국어대사전)
자존감: 스스로 자기를 소중히 대하며 품위를 지키려는 감정.(우리말샘)

단어를 찾아봐도 내 눈에는 명확하게 보이지 않던 둘의 차이, 사람의 마음을 이야기하는 단어이기에 명확하게 볼 수 없었던 걸까.

두 단어에 내 인생을 빗대며 고민하고 있었던 그 시절의 나는 자존감이 높은 게 아니라 자존심이 세다는 결론에 이르렀다. 당시 누군가가 나에게 상처가 되는 소리를 하면 그 자리에 머물렀고, 감정을 깊은 어둠으로 몰고 가곤 했다. 화든, 우울이든, 슬픔이든 상처 난 곳을 바라보는 일을 잘했기 때문에 그만큼 내 어두운 감정 하나는 잘 숨기고 넘어갈 수 있었다.

시간이 지나고 보니 알았다. 자극에 대한 나의 루틴이 나를 조금씩 좀먹고 있다는 사실을. 나한테는 '소중히'라는 부사가 결여되어 있었다. 스스로를 정말로 소중히 여겼다면 비난을 상처로 남겨두지 않았을 것이다. 물론 상처에 머물러 봤기 때문에 남들보다 깊은 생각을 가지게 되었다는 나름대로의 장점을 무시할 수 없다. 자존심이 세다는 사실 하나만으로 나를 소중히 여기지 않고 무조건 좋지 않은 기억만 가득하다고 말할 수도 없다.

하지만 분명 상처에 머물렀던 습관은 알게 모르게 나를 좀먹어 가는 일이었다.

자존감이 높은 사람 역시 상처를 받는다. 상처받는 순간에 똑같이 아프다. 그러나 자존감이 높은 사람들에게서 발견한 특별함이 있다면 그것은 바로, 나를 위해 그 자체에 계속해서 머물러 있지 않는다는 점이다. 시간이 걸리더라도 상처로부터 벗어난다.

자존감과 자존심의 차이를 완벽히 구분할 순 없어도 하나만큼은 확실히 하기로 했다. 멈추는 것과 머무르는 것은 다르다는 것을. 잠시 상처 때문에 멈출 수는 있어도 그 자리에 계속해서 머무르는 사람은 되고 싶지 않기에, 오늘도 소중하게 나를 지킨다.

MBTI와 당신의 결 사이

"우리의 결이 무엇인지, 또 겪어봐야 알 거야.
우리는 모두 고유하니까."

MBTI 이야기가 나왔다. 각종 심리 테스트와 성향 테스트 들이 성행하면서 사람들 사이에 서로의 MBTI를 묻는 일이 한결 자연스러워졌다. 새롭게 알게 된 사람이 나에게 MBTI가 무엇이냐고 물어보길래 ISFJ와 ISTJ가 번갈아 나온다고 말했다. ISFJ에 대한 설명 게시글을 읽어보던 상대는 나에게 '완벽주의적' 성향이냐고 물어봤다. 나는 오래 고민하지 않고 그런 편이라고 말했다.

사람이 완벽할 수 없다는 것을 알고 있지만 완벽을 추구해야 속이 편했다. 주변 사람들도 나를 보면 '완벽주의자'라는 단어를 떠올리곤 했다. 어쩌면 피곤할 것 같은 사람. 깐깐하게 구는 사람처럼 보일 수도 있으나 타인에게 그렇게 굴 성격도 못 됐다. 오로지 나 자신에게 엄격한 사람이었다. 이것이 내가 가지고 있는 완벽주의적 성향의 가장 큰 어려운 점인데 나는 이를 우리 엄마의 말을 빌려 '자기 신간을 볶는다.'라고 표현한다.

평상시에도 어떤 일이 생기면 하나부터 열까지 꼼꼼하게 신경을 써서 긴장을 많이 하는 편이었다. 긴장도가 높다 보면 위장 장애, 두통 등 몸이 반응할 때도 많았다.

'내려놓자. 쉽게 가자. 부족해도 어쩔 수 없지.'

이런 마인드를 가지고 싶어도 이미 그렇게 하는 것마저 계획을 세우고 있으니 나는 내 성향을 겸허히 받아들이는 쪽을 택하기로 했다. 완벽주의자에게 갖는 사람들의 편견 중 하나가 정말로 완벽할 것 같다고 생각하는 것이다. 그러나 완벽주의자인 나는 의외로 '합리화'라는 것을 무척이나 잘한다. 결과가 아쉽거나 부족하거나 뜻밖의 실수를 했을 때 "완벽한 사람이 어디 있어. 그럴 수도 있지."라며 제법 뻔뻔하게 극복한다. 상황에 따라

간사한 사람이지만 그래도 아쉬웠던 부분을 기억해두고 다음 기회에 다시 보완해오니 '완벽주의자'라는 물음에 고개를 끄덕일 수밖에.

MBTI로 서문을 열었지만 사실 ISFJ를 설명하고자 한 게 아니라 그저 우리 모두는 고유한 자신만의 결을 가지고 있다는 것을 말하고 싶었다.

누구나 장점과 단점이 있기 마련이다. 물론 타인과 어우러지는 과정에서 장점이 단점이 되기도 하고, 단점이 장점이 되기도 하는데, 이렇게 생각해 보니 나의 장점 또한 누군가에겐 단점으로, 그 반대의 상황도 얼마든지 가능하단 생각이 들었다. 이런 과정 속에서 우리는, 어쩌면 스스로를 알다가도 모르는 혼란에 빠져 버리는 것이 아닐까? 그래서 MBTI처럼 자신을 알아가는 과정이 성행하고 있는 것은 아닐지. 나는 혼란 속을 헤매다 내가 지닌 모든 성향을 통틀어 '고유한 결'이라 칭하기로 했다.

고유한 자신만의 결을 찾는 일은 끊임없이 흔들리는 과정이기도 하다. 각종 테스트 결과들을 보며 무릎을 탁! 치면서 누가 내 이야기를 써놨다며 공감하기도, 내가 이렇지는 않다며 동의

하지 않는 부분이 있는 것처럼 자신을 알아간다는 것은 자신을 알고 있어야 가능할지도 모르는 과정이다. 그래서 어렵고 흔들리는 일이다.

대표적인 성격유형을 나타내는 MBTI가 사람들에게 유행처럼 돌고 있지만, 관계를 맺을 때만큼은 이러니까 나는 이 사람이랑 맞을 거야, 안 맞을 거야와 같은 방식의 최종 선택지는 아니었으면 한다. 참고하기에 좋은 자료이지만 나와 타인을 직접 겪어내는 일만큼이나 '고유의 결'을 알아가는 좋은 참고용은 없을 테니까.

당신의 결이 무엇인지, 나는 또 겪어봐야 알 테다. 우리는 모두 고유하기에.

일상, 창작이 이뤄지는 세계

"우리의 모든 시간은 영감의 저변이 될 테니까."

직장을 다니던 시절, 지하철을 타고 가다가 문득 이런 생각
이 들었다.

'내가 지금처럼 월급쟁이가 아닌 프리랜서 작가가 된다면 모
든 순간이 일이겠구나.'

직장 생활을 시작하고 나서부터 나는 주말마다 할 것을 찾
아 나섰다. 오히려 학생 때는 너무 바빠서 쉬는 날이 없었다. 평
일에는 수업을 듣고 주말에는 아르바이트를 해서 내 시간이 별

로 없었는데 직장인이 되니 주말이라는 시간이 생긴 것이다. 그 주말에 나는 친한 친구들을 만나러 나가기도 하고, 새로운 사람들을 만나 이야기를 나누기도 했다. 그러나 내가 가장 좋아했던 취미는 조용한 집 안에 앉아 피포 페인팅이나 문구류를 이용해 소품을 만드는 것이었다.

어떤 날은 푸르게 물든 거리를 걷다가 문구점에 들러 학종이와 학알종이를 사서 작품을 만들겠다며 큰소리를 치기도 했다. 참 뜬금없는 이상한 발상이지만 이런 행동들에는 남모를 특별한 공통점이 있었다. 어느 순간부터 나는 마음 다치는 것이 싫어서 나를 배신하지 않는 것들을 사랑하기 시작했다. 내가 쉰다는 것, 쉬어간다는 것은 그런 의미였다. 그림 그리기나 노래 듣기나 글을 쓰고 소품을 만드는 등의 취미들은 내 감정이 닿으면 새롭게 존재할 뿐 나를 배신하지 않았다.

프리랜서 작가가 된다면 모든 순간이 일일 거라고 생각한 그날에는 배신하지 않는 모든 것들을 사랑하는 시간이 없어질지도 모른다는 생각에 잠시 서글퍼졌다. 창작자에게 살아있는 모든 시간과 일상은 영감의 저변이 될 테니까. 과연 '쉼'이라는 온전한 시간이 있을까에 대한 번뜩거림.

지하철 안에 몸을 실은 나는 아침부터 있었던 일들을 되뇌며 영감을 얻고 글을 쓰겠다고 머리로 문장과 감정선을 다듬고 있는 중이었다. 그러나 현실은 애석하기만 했다. 내가 처한 상황이 좋았다가 원망스러웠다가 몇 분 지나지 않아 용서를 구하고 다시 안쓰럽더니. 결국, 그런 모든 감정을 담는 문장을 떠올리지 못했다.

　이 또한 지나간다며, 지나가기를 바랐던 괴로운 시간들을 이제는 붙잡아둔다. 월급쟁이에서 글 쓰는 창작자가 되고 난 후의 가장 큰 변화다. 그런 변화 앞에 내가 놓쳐버린 나의 인생의 문장은 얼마나 많을 것인지에 대해 생각하면 할수록 아쉽고 아깝다. 그 아쉬움에 나는, 앞으로 살아가는 나날을 민감하게 관철하며 짚어나가겠다고 말했다. 모든 순간을 창작이 이뤄지는 세계로 탈바꿈시키는 것이다.

　그런 창작의 장 속에서 나의 모든 일상은 앞선 예상대로 일이 되었다. 비록 배신하지 않은 것들을 사랑하는 시간도 달리 바라보아야 하는 창작의 세계가 되었지만 그 세계를 걸어가다 보면 스스로가 다시 태어나곤 한다.
　때로는 예리하게, 때로는 조심스럽게, 때로는 얕지만 강렬하게, 때로는 깊지만 살포시 스며들게. 어쩌면 나는 지금 나의 역사를 탈바꿈시키는 중인지도 모르겠다.

용수철 같은 사람

"인생의 불청객을 감당하고자 마음먹은 순간

진정한 삶이 시작되는 거야."

오랜만에 기분 좋은 마음으로 펜을 들었다. 다를 거 없는 하루를 보냈는데 출판 방법을 찾아보면서 괜스레 꿈을 벌써 이룬 것만 같았다. 여행을 가기 전에 그곳을 사전 조사해보는 과정, 무대에 오르기 전 리허설을 하는 과정이 설레는 것처럼 무엇인가를 이루기 직전의 행복감은 이뤘을 때의 행복보다 더 크다. 현실과 나의 기대가 적절한 조화를 이룬 바로 그 시점 말이다.

내 삶을 글로 풀어낼 줄만 알았지 책으로 출판되는 과정은 하나도 몰라서 걱정이 앞설 때가 있었다. 설렘과 걱정이 공존하는 현상은 우리 삶에서 종종 발생한다. 하지만 설렘이 더 앞서서 '일단 해보자.'라고 마음을 먹는 일이 결코 쉬운 일은 아니다. 어려운 점이 있어도 감당해보고자 하는 마음과 다시 꿈꾸고자 하는 용기를 갖기란 새로운 인생의 시작이며 스스로가 낯선 자가 되는 것과 같다고 볼 수 있다.

내가 낯선 자가 되기로 마음먹었을 땐 그때는 이미 세상에 빛을 보지 못하더라도, 누군가가 받아들일 수 없다며 거절해오는 글일지라도 그 모든 것을 감당할 용기가 생긴 뒤였다. 더불어 너무 지치고 힘든 순간에 글로 위로받았는데 글마저 나를 힘들게 하면 과연 나는 어디에 기댈 수 있는가 하는 불안이 나를 엄습해 와도 왜인지 감당할 준비가 되어있었다.

진로 선택에 있어서 고민하는 이들을 만난다면 나는 꼭 이한 가지만큼은 확인해보라고 한다.

'스스로의 선택에 따른 불청객을 감당할 수 있는가?'

'내가 잘하는 일인가?', '내가 좋아하는 일인가?' 진로에 있어서 이 두 가지를 고민하는 것도 중요한 부분이다. 하지만 어떤 것을 선택하든 후회나 고통, 시련이 불청객처럼 찾아온다는 것을 염두에 두어야 한다.

이 질문에 누군가는 왜 꿈을 꾸기도 전에 부정적인 것을 생각하냐며 나의 이야기에 동의하지 않을 수도 있다. 다만 그마저도 내가 대답할 수 있는 것은 '부정'이 아니라 '현실'이라는 것이다. 열심히 살아가는 동안 저 높은 곳에 꿈이 우리를 기다리고 있다. 그러나 꿈을 이루고 나면 또 다른 꿈을 꾸지 않는 이상 우리를 기다리는 것은 '현실'일 것이다. 그때 덜 당황하려면, 덜 실망하려면, 포기하지 않으려면 스스로의 선택에 대해 용수철 같은 사람이 되어있어야 한다. 여태까지 나는 단단한 사람이 성숙한 사람인 줄 알았다. 그리고 조금 더 단단해지려고 애써왔는데 단단한 것만큼 잘 부러지는 것도 없다는 생각이 들었다. 차라리 곧은 대나무보다는 용수철이 되어서 받아들이는 연습을 하고 때로는 과감히 튕겨낼 줄도 아는 사람이 되는 편이 책임감 있는 자세라는 것을 부쩍 느낀다.

인생에서 깜짝 등장하는 불청객을 막을 힘은 없을 테니 웃어보일 줄 아는, 자신을 지킬 줄 아는 용수철이 되기로 했다. 이 말은 즉 감당해보겠다는 뜻이자, 감당할 거라는 뜻이며, 감당해

낼 거라는 뜻이다. 지금 이 글을 읽는 당신에게도 전해주고 싶다. 인생의 불청객을 감당하고자 마음먹은 순간, 진정한 당신의 삶이 시작된 거라고.

함부로 상처 주려거든
상처만 쥐라

"우리를 성장하게 하는 것은 상처 자체가
아닌걸. 이겨낸 자신 덕분이야"

인간으로 태어난 건 벌이라고 생각했던 적이 있다.

번갈아 나타나는 고통과 기쁨을 고스란히 다 느껴야 하기 때
문이다. 살아있음을 느끼면서도 사람들과 환경에 부딪히다 보
면 사는 게 고되게 느껴지기도 했다. 그리고 그 감정을 표출하
지 못하고 꾹 묵혀둘 때면 세상살이는 더 쉽지 않았다.

어느 날 친구가 행사 진행 보조 봉사를 할 때 생애 처음 뺨을
맞아본 이야기를 해줬다. 아주 더운 여름날이었는데 줄을 서

있던 학부모가 봉사자에게 왜 자신의 아이가 밖에 오래 서있어야 되냐고 따져 물었다고 한다. 친구는 행사 진행이 원활하지 못한 점을 사과하며 "담당자님을 모시고 오겠습니다."라고 말씀드렸는데 그 말이 끝나기가 무섭게 학부모로부터 뺨을 맞았다고 했다.

"니가 뭔데 그런 말을 해, 우리 애가 덥다는데."

내 친구는 뺨을 맞고 어떻게 했을까?
사과했다. 죄송하다고
사과받지 못했다. 죄송하다고

상처 주고 갑질 하는 사람은 따로 있는데 매번 마음을 다잡고 다독여야 하는 건 당한 쪽이다. 그게 갑질 당한 것보다 더 억울하고 서러울 때가 있다.

말 한마디로 꽤 오랫동안 노력해온 것이 무시당할 때가 있다. 이런 일들은 의외로 빈번하게 발생한다. 일이 산더미처럼 쌓여있거나, 몸이 안 좋거나, 안 좋은 소리를 한 바가지로 들어내 심신이 너덜너덜해져 있을 때 최악의 상황은 더 쉽게 다가온다. 영화처럼 아름답고 기분 좋은 날에 일어나는 불행은 드물

다. 힘든 일이 한꺼번에 찾아온 자에게 정신승리만의 개념으로 살아가라고 하기엔 너무 가혹하다.

나는 이런 일을 겪거나, 평소 감정 표현을 잘 못하는 사람들에게 집에 가서 벽을 보고 나쁜 말이라도 하라고 한다. 실제로 내가 써먹었던 방법이다. 벽은 감정과 마음이 없으니 조금 무례해져도 된다.

내 마음은 나만 지킨다고 되는 것이 아니다. 스스로의 멘탈이 중요한 것은 사실이나 나 홀로 지킨다고 되는 것이면 이미 많은 사람의 정신 상태는 수두룩하게 건강할 것이다. 상처 준 사람은 따로 있는데 그게 왜 상처받은 사람만의 문제인 것인가. 그리고 흔들린 사람이 있는데 흔든 사람은 왜 또 없어지는가. 그럴수록 이 사람의 마음을 주변이 함께 지켜줘야 한다. 물론 상처 준 사람에게 마음까지 지켜달라고 바라지는 않는다. 애초에 그럴 마음이 없다. 하지만 이것 하나만큼은 착각하지 않았으면 좋겠다.

사람이 강해지는 것은 상처나, 상처를 준 누군가 때문이 아니라 상처를 치유하기 위해 애썼던 나 자신과 내 마음을 지켜준 주변의 고마운 은인들 때문이다. 상처를 주고받아야 하는 것이

인간의 숙명이라면, 함부로 상처 주려거든 상처만 줘라. 내가
성장할 기회는 내가 줄 테니.

진실은 OK, 소문은 KO

"소문은 힘을 잃고, 진실은 언젠가 밝혀질 거야."

중학교 1학년 때 같은 반 친구들과 갈등이 있었다. 이미 무리가 지어진 아이들과 친하게 지내기 위해 다가갔지만 그들은 나를 달가워하지 않았다. 그 무리 중 한 여자애가 복도로 나를 불러내더니 이렇게 말했다.

"오해하지 말고 들어. 아무래도 우리끼리는 다 이미 친해서 네가 우리 이야기에 끼고 그러는 거 애들이 싫어해."

그때 처음으로 누군가 나를 싫어해서 밀어낼 수도 있다는 것을 알게 됐다. 이 말을 전한 그 아이도 그 무리 중에서 만만한 취급을 당하는 아이였다는 것을 나중에야 알게 됐지만, 어쨌든 꽤 쓰라린 경험이었다. 14살 아이들은 입학했을 때부터 자신들의 세력을 확장시키기 위해 기강을 잡으려 했다. 그래서였는지 그 무리 중에서 어떤 아이는 나에게 전화를 해서 생전 처음 들어보는 욕을 해댔다. 그때 나는 등교도 거부하고 많이 울었는데 그게 어찌 된 일인지 학교에 내가 '우울증'이라는 헛소문이 퍼져 있었다. 우리 학년뿐만 아니라 이름 모를 선배들도 밖에서 나를 보고 수군거릴 정도였다. 스트레스로 배가 아파서 엎드려있으면 "아프면 보건실을 가 미××아."라며 윽박을 지르는 친구들도 있었다.

1년이 어떻게 지나갔는지 모르겠지만 다행스럽게도 중학교 2학년 때부터는 즐거운 생활이 이어졌다. 우울해 보이고 친구도 없을 것 같던 내가 여러 아이들과 잘 지내는 것을 보니 소문처럼 내가 이상하지 않다는 것을 알았다며 달리 봐주는 아이들이 점차 많아지기 시작한 것이다. 물론 필요에 의해 나를 찾는 아이들도 있었고 여전히 뒷말하기를 좋아하는 이들도 남아 있었다.

그중 중학교 때 은근히 나를 무시하던 아이가 있었는데 이후에 서로 다른 고등학교로 진학했음에도 친했던 친구에게 내

소식을 물으며 "걔는 아직도 친구 없어?"라고 물어봤다고 한다. 몹시 불쾌했다. 그 말을 전한 친구에게도 마음이 상했지만 무엇보다 마치 내가 여전히 불행하기를 바라는 듯한, 그래서 가십거리가 되어줬으면 하는 듯한 무례한 질문이 더 싫었다.

그리고 오늘, 시간이 흘러 까맣게 잊고 지내던 그 아이에게 메시지가 오는 꿈을 꿨다. 꿈속에서 갑자기 연락이 와서는 나에게 자신의 근황을 이야기하며 SNS에서 새로운 친구들을 만났다고 자랑했다. 자랑 끝에 그녀는 나에게 또다시 친구가 없는지를 물었다. 꿈속에서 나는 그녀에게 마지막 메시지를 보냈다.

「친구 없어. 너 같은 친구들은 이제 없지. 벌써 10년이 흘렀다. 그동안 나를 이용하고 상처 주는 사람들은 다 사라지고 알아서 없어져 주더라. 대신 내 편이 돼주고 응원해 주는 사람들만 곁에 남았는데 넌 아직도 그런 게 궁금하구나. 행복하길 바랄게.」

그걸 끝으로 잠에서 깼는데 잊고 지낸 그 아이의 얼굴이 떠올랐다. 나를 괴롭혔던 사건의 주동자에게는 이미 중학교 3학년 때 사과를 받았다. 졸업을 앞두고 진심으로 미안했다고 어린 마음에 너한테 상처가 될 줄 모르고 철없이 행동했다며 진심으로 사과했다. 그 후 그 친구와는 서로의 고민을 들어줄 정도로 친한 사이가 되었다.

　나는 14살의 나를 아프게 했던 이들이 어떻게 지내는지 궁금하지 않다. 지금은 너무나도 잘 살고 있기에. 학교에 가지 않겠다고 길에서 방황할 때 말없이 내 등을 토닥여주던 친구가 여전히 내 곁에 남아 있고, 나를 이상하고 우울한 애로 오해했던 이들 중에 일부는 현재 나의 술친구가 되어 나를 웃게 만들어 주니까. 물론 내 꿈에 나온 아이처럼 나를 잘 모르는 제 3자는 나의 이상한 소문을 믿었을 테지만 그들이 어디에서 어떻게 살고 있든 이제는 내 인생에서 중요하지 않다. 진실은 이미 당사자인 사람들이 알고 있으니까. 난 안다. 이 세상 모든 잘못된 소문은 언젠간 밝혀질 것을.

　그렇게 진실은 OK, 소문은 KO다.

관계를 초연히 바라보는 일

"갈 사람을 가고 남을 사람은 남는다는 말처럼
인연은 흘러가."

사람들을 만나다 보면 나와 성향이 비슷하다고 느껴지는 사
람이 있다. 기존에 알고 지내던 인연에게도 이런 느낌을 받은
적이 있고, 새롭게 알게 된 이에게도 이런 느낌을 받은 적이 있
다. 느낌으로만 가지고 있던 생각이 공통분모를 만나는 순간
'역시!'가 되고 친밀감이 급속도로 상승한다.

이 '역시'라는 생각이 사람 사이의 생동감을 불어넣어 주기도
하지만 인간관계의 숱한 붕괴를 겪으며 '역시!'라는 느낌표가 얼

마나 위험한지 알게 되었다. 친밀감이 신뢰까지 바로 이어지지 않더라도 어쨌든 '역시'라는 생각은 나의 판단에 근거하여 상대에게 기대가 있었다는 뜻이다. 상대는 나한테 기대를 요구한 적도 구걸한 적도 없는데 우리는 쉽게 기대를 한다. 나의 시선으로 사람을 바라본다는 것이 이렇게나 안일한 일이다.

내 시선으로 사람을 기대하는 일. 이를 사람 사이의 어쩔 수 없는 굴레로 치부할 때도 있었지만 굴레를 벗어나기 위해 사람을 오래 보는 연습을 해야 할 때도 있었다. 오래 보는 그 과정에서 '이 사람이 이럴까 저럴까? 이렇겠지 저렇겠지'라는 머릿속 생각은 쉽지 않겠지만 잠시 내려두어야 한다. 이런 걸 연습하다 보니 사실 지금의 나는 관계에 조금 초연한 시선을 갖게 되었다. 예전에는 나와 비슷한 사람을 만나면 "너도 그래? 나도 그래."라고 맞장구를 치면서 반응했었는데 지금은 그런 반응이 현저히 줄어들었다.

만약 우리가 정말 결이 맞는 사람이라면 내가 느끼는 것처럼 저 사람도 느끼지 않을까 하고. 관계를 말에 맡기는 게 아니라 마음에 맡겨보면서 시간을 갖는다. 우리가 정말 잘 맞는 사람이라면 말하지 않아도 서로 끌리게 될 테고, 좋은 인연으로 남을 수 있을 거라며 조금은 멀리 떨어져서 생각하곤 한다. 인연이 되는 과정에서도, 인연이 되고 나서도 기울여야 하는 노력은 있겠지만 갈 사람을 가고 남을 사람은 남는다는 말처럼 인연을 흘러가는 것으로 받아들이면서 비롯된 태도였다.

물론 떠나는 이들에게 연연하지 않게 되고 '그런가 보다.' 하게 되는 자세로 사람들을 대해도 잠시 잠깐 곁에 머물렀던 시간이 소중하지 않았던 건 아니다. 소중했고 행복했지만 남은 삶을 건설적으로 살기 위해선 언제까지나 과거 상대의 곁에 살 수 없기에 나를 조금 더 자유롭게 풀어줄 뿐이다. 인연이라는 것에 덜 실망하기 위해. 그저 결이 비슷한 이들이 서로에게 오래도록 머물러주기를 바라는 욕심이 아직도 있어서 참 어렵고 조심스럽게 관계를 대하며 살고 있다.

여전히 인연이란 것은 두렵기도 하고, 신기하고, 물음표를 띄우지만 숱하게 생각하고 고민했던 관계들이 나에게 남긴 것은 초연함과 조금의 자유뿐이다.

이제는 훨훨 날아가다 어딘가에 걸려도 날개를 펴는 방법을 안다. 그것만으로도 나는 자유로워졌다. 아직 날갯짓은 미세한 파동뿐일지라도 나는 나의 힘으로 허공에 초연히 떠있을 수 있으니. 연연하지 않는다.

홀로서기

"세상이 언제든 우리를 흔든대도 홀로 설 수 있
다는 것을 잊지 마."

휴대폰을 뒤적거리다 흘러나오는 팝송에 분주히 움직이던
손가락을 멈췄다. 노래를 들으니 소년이 빽빽한 나무들 사이로
홀로 서있는 듯한 모습이 연상됐다. 홀로 서있는 상상 속 소년
은 꽤 멋있어 보였다. 어쩌면 나는 소년처럼 홀로서기를 준비하
고 있는 중일지도 모르겠다. 그것은 누구의 도움을 받거나 의
지를 하는 등의 행위에서 벗어난다는 것에 그치지 않는다. 내가
말하고자 하는 홀로서기는 '성숙한 자유'라는 의미가 내포되어
있다.

오르락내리락 반복하는 삶이기에 누구나 힘든 일을 겪어봤을 것이고 티를 내지 않아도 죽을 만큼 괴로웠던 적도 있었을 것이다. 나 역시도 그런 시기를 지나오면서 나의 대인관계를 되돌아보았던 적이 있었다. 인생의 힘든 시기에 남을 사람과 떠날 사람이 갈라진다고 하던데 힘들었던 시기에 내 곁을 떠난 이가 없었다. 피곤할 정도로 내 이야기만 늘어놓는다거나 탕진, 사기 등의 금전적인 문제로 위기를 겪은 것이 아니기에 그랬는지는 몰라도 분명 이전과는 다른 내 모습과 분위기를 주변 사람들은 걱정하고 있었다. 그때의 나는 내가 하고 있는 일도, 내가 처해 있는 환경도 모든 게 불안정해서 마음 편할 날이 없었으니 말하지 않아도 그렇게 보이는 것이 당연했다.

　어두운 시기를 보내고 내 곁에 사람들이 떠나지 않고 남아 있어 주었다는 것에 새삼 감사함을 느꼈다. 그 끝에 나는 스스로 더 좋은 사람이 되어 혼자 서는 법을 아는 사람이 되고 싶었다. 걱정되는 사람, 어딘가 모르게 불안한 사람이 아닌 잘 이겨 낼 거라고 묵묵히 응원하고 믿게 되는 사람. 비슷한 아픔을 겪고 있는 상대에게 결국엔 아픔을 이겨내고 홀로 서서 잘 지내고 있는, 자신도 언젠가는 괜찮아질 수 있을 거라고 느끼게끔 만들어주는 사람. 그렇게 되기 위해서는 마치 아기 새가 하늘을 나는 법을 배우듯 나는 홀로서는 법을 익혀야 했다. 별거 아닌 것처럼 보여도 사람은 흔들리기 참 쉽다. 말 한마디, 표정 하나, 몸짓 하나, 노래 가사 한마디, 영화 속 배경으로 인해 우리는 언제든 흔들릴 수 있고, 세상은 언제든 우리를 흔들 수 있다. 그 속에서 두 발로 서있는 일이 얼마나 대단한 것인지. 홀로 서도 두렵지 않은 것, 내 삶의 방식을 찾는 것 그게 참 중요하다.

이제는 나와 같은 상황에 놓인 사람들을 보면 마음으로 위해 줄 수 있다. 어떤 위로의 말을 할 수는 없어도 상대방은 분명 안다. '나와 같은 아픔을 겪어봤구나.' 하고. 오르락내리락 하는 순간에 사랑하는 이들이 곁에 남아주었음에도 '함께', '의지'라는 단어보다 '홀로서기'라는 단어를 택한 이유도 그래서다. 상처의 모습과 포인트는 다 다르겠지만 적어도 숱한 말보다 이렇게 내 존재 자체로서 보여주는 편이 묵직한 위로가 되니까. 이 사람을 보면 언젠가 나도 괜찮아지리라 믿게 되는. 가볍기 위한 홀로서기가 아니라 좀 더 성숙한 자유를 위한 홀로서기를 하고 싶다. 내게는 아직 더 많은 연습이 필요할 테지만 나를 위해, 사랑하는 이들을 위해 나는 내 두 발로 서있고 싶다.

다시 한번 되뇌건대 우리는 언제든 흔들릴 수 있고 세상은 언제든 우리를 흔들 수 있다. 그 속에서 홀로 서도 두렵지 않은 것, 내 삶의 방식을 찾는 것 그게 참 중요하다.

한계를 정한다고
끝이 나는 게 아님을

"이제는 놓치지 말고 보았으면 좋겠어. 할 수
없는 것들을."

"나는 할 수 있어."

희망적이고 밝은 말이다. 인생은 늘 어렵지만 가끔 버거운
시련이 올 때마다 어떤 사람들은 할 수 있다고. 괜찮다고 이야
기하며 마음을 다잡는다. 나도 과거에는 이와 같은 희망적인 말
로 용기를 얻고 다시 달릴 힘을 길렀다. 인생의 가장 큰 첫 번째
관문, 대학 입시 때만 해도 아침 일찍 일어나 새벽에 입시 면접
을 보러 나가는 마음이 그랬다. 지금 보면 가장 큰 첫 번째 관문

으로 여겨서 뭐하나 하는 생각이 들긴 하지만 그때 당시만 해도 나는 정말 뭐든 할 수 있을 것만 같았다. 할 수 있다기보다는 해 낼 수 있을 것 같아서 더 좋았다. 언제나 거친 숨을 몰아쉬고 이뤄내는 성과는 그 가치 이상으로 뿌듯하니까. 나는 그 가치가 소중했고 내가 만들어 낸 가치일수록 더욱 사랑했다.

물론 가치와 사랑이 언제까지나 유효한 것은 아니었다. 내가 놓아버리면 언제든 의미를 잃는 것들이었고 나는 사람이었기에 영원한 유효를 약속할 수 없었다. 놓아버리는 것들이 많을수록 내가 만약 조금 더 이른 시기에 "아니야, 할 수 없어."라는 말을 배웠다면 어땠을지 돌아보게 된다. 무조건 할 수 있어가 아니라 사람이기 때문에 부족할 수 있다는 것을 일찍 배웠다면, 한계에 부딪힐 때 가끔은 지치지 않기 위해서 포기하는 법을 배웠다면, 잘하는 것이 있으면 못하는 것도 있다는 것을 배웠다면, 사람이 매번 잘할 수 있는 게 아니라는 것을 숱하게 겪었다면 덜 지쳤을까.

할 수 있다는 말이 얼마나 잔인한 것인지 안다. 가능성을 보여주는 말이지만 그만큼 불분명한 희망고문이 될 수도 있다는 것을 안다. 누군가는 힘내라는 말을, 누군가는 기운 내라는 말을 거북한 말로 느끼는 것처럼 할 수 있다는 말도 충분한 지옥이 될 수 있음을 겪고 나서야 그동안의 말과 행동이 부끄러워졌다. 할 수 없는 사람이 아니라 할 수 있는 사람이 되기 위해 노력한 시간들, 제자리보다는 발전하는 사람이 되기 위해 애쓴 시간들.

"할 수 없어요, 저는."

그 중간에 할 수 없다는 말을 몇 번 외쳐줬다면 이제야 할 수 없다고 외친 말에 내가 긴 어둠으로 떨어질 일은 없지 않았을까? 자신 있게 살아도 보고 당차게 살아도 보고 그렇게 살아서 이뤄낸 것도 있지만, 할 수 있다는 말이 내가 지금 괜찮지 않다는 신호일 때도 있었다. 뻗대고 사는 시간 동안 내가 어떨 때 무너지는지, 괜찮다는 말이 정말 괜찮은 것인지 잘 모르고 살았다. 이제는 놓치지 말고 보았으면 좋겠다. 할 수 없는 것들을.

알아차리는 것도 매우 중요한 일생의 과제다. 한계를 정한다고 끝이 나는 게 아니다. 할 수 없는 것이 무엇인지 알아야 할 수 있는 방법이 생기며, 괜찮지 않아야 괜찮은 순간이 우리에게 다시 돌아오고 무너져 봐야 일어서서 호기롭게 싸울 수 있는 순간이 찾아온다. 열심히 살다가 "나 안 되겠어, 할 수 없을 것 같아."라고 말해도 세상은 꿈쩍하지 않는다. 그리고 곧 깨달을 거다. 당신 역시 생각보다 나약한 사람이 아님을. 아마 그 세상에 발을 딛고 또다시 살아가는 걸 지켜보는 동안에는.

가끔 사는 과정에
살아온 과정을 보태며

"'할 수 있다'보다 '살 수 있다'라는 말이 현실에
더 가까울 때가 있어."

원고 작업을 하느라 한동안 다이어리에 글을 쓰지 못했다. 수기로 글을 쓰는 습관이 있는데 원고 작업을 할 때는 크기가 작은 다이어리보다 노란색 줄 노트를 애용하기 때문이다. 그렇게 멀리하던 다이어리를 두 달 만에 펼쳤더니 정갈한 글씨가 단번에 눈에 띄었다. 10분 정도 일기를 보다가 표지를 덮었는데 'you can do it'이라 쓰인 하얀 글씨의 문장이 눈에 들어왔다. 검은색 배경에 투명 겉표지가 씌어 있어서 문장 뒤에 내 얼굴이 반사되었다.

you can do it,

자신감에 가득 찬 문장을 읽다 불쑥 내 마음에게 물었다.

'네가 뭘 할 수 있는데? 네가 뭘 하고 있는데.'

그 물음에 나는 시원하게 대답하지 못했다. 잘하는 것을 물어본 것도 아닌데 뭘 할 수 있냐는 물음 앞에 아무 대답도 못하다니. 남이 물어본 게 아니어서 덜 창피하니까 다행으로 여겨야 하나. 괜히 펜을 쥐고 있는 손만 만지작거렸다. 할 수 있다는 응원은 청자가 무엇인가를 열렬히 염원하거나 행하고 있을 때 효력이 생기는 말이다. 현재 할 수 있다는 말이 와닿지 않는 걸 보고선 내가 잠시 꿈에 대한 염원을 접었을 수도 있다는 생각을 했다. 작은 다이어리에 글을 쓸 때는 나의 일상을 기록하는 것을 넘어서서 인생에서 수축된 것들을 이완시키며 살아갔다. 그리고 작가가 되겠다며 미래를 간절히 그렸었는데 정작 이 다이어리를 접고 원고의 분량을 채우기 위해 노란 노트에 글자를 휘갈기는 순간에는 그 마음이 조금씩 사라지고 있었다.

너는 무엇을 할 수 있는가? 나는 A4용지 한 쪽 분량의 글을 매일 쓸 수 있고, 나의 상상 속 캐릭터들을 극화할 수 있으며,

노래를 듣고 떠오르는 형상을 말로 설명할 수도 있다. 그러나 물은 이는 어째 이런 것들을 물어본 게 아닌 듯하다. 어쩌면 나의 대답이 아무짝에도 쓸모없다는 생각까지 할 수도. 대답한 나는 덜컥 겁이 난다. 능력이라고 말하기에는 너무나 작고 흔한 것들이라 나열된 행 앞에서 할 수 있다는 말은 힘을 잃었다. 이 모든 것을 지켜보는 이가 있다며 무어라 말할 수 있을까. 아니 그보다 지금 내가 무슨 말을 듣고 싶은지 곰곰이 생각해 본다.

"그래도 살고 있으니 되었다."

능력이 없고, 자기가 가진 게 없다고 생각될 때, 염원 따위 없이 바닥을 치고 있을 때 '할 수 있다'보다 '살 수 있다'라는 말이 현실에 더 가깝게 느껴지곤 한다. 매번 할 수 있다고 응원하기엔 시간은 빠르며 1년 365일을 염원으로 살아가기엔 생각보다 우리의 마음은 한정적이다. 흘려보내고 흘러가며 우리는 그속에서 무엇인가를 행할 뿐이다. 그것은 일, 우정, 사랑, 꿈 등의 포괄적인 틀 속에 각자의 사연이겠지만 그 사연을 살아본 뒤에야 말할 수 있을 것이다.

'잘 해왔다.'

— 가끔 사는 과정에 살아온 과정을 보태며

그래도 살고 있으니 되었다고. 그러니 앞으로도 잘 살 수 있다고.

주문

"마음에 품고 있는 주문은 곧 우리의 가치와
방향성이 되어줄 거야."

강해져야 한다.
강해질 수 있다.
강해질 거다.
독해져야 한다.
약아야 한다.
지혜로워야 한다.

한창 내가 힘들 때 사촌 언니가 마음에 새기라며 알려준 문장이다. 꼭 외우고 다니라고 해서 힘들 때마다 문장들을 마음속으로 읊조렸더니 지금은 문장을 외우지 않아도 될 만큼 문장들에 가까운 사람이 되었다. 6가지 문장들이 각기 표현은 달라도 의미는 하나로 연결된다. 쉽게 흔들리지 말라는 것.

강해야 나를 함부로 대하는 것으로부터 스스로를 지킬 수 있고, 독해져야 내가 원하는 바를 성취해 낼 수 있으며, 약아야 악의 구렁텅이로 빠지지 않을 수 있고, 지혜로워야 좋은 사람들을 곁에 두고 조화롭게 살아나갈 수 있다.

다들 즐겁고 행복하게 사는 것처럼 보인다. 왠지 자신만의 삶을 '잘' 살아나가는 사람들이 널린 것 같고 나만 잘 '못' 사는 것처럼 느껴질 때가 있다. 그러나 그건 어디까지나 수박의 껍질처럼 겉면의 모습일 뿐이다. 내가 바라보는 행복이 어떤 불행을 품고 있는지, 내가 믿었던 선함이 어떤 악함을 숨기고 있는지, 내가 들었던 즐거움이 어떤 추악함을 내포하고 있는지 그건 겪어봐야 아는 일이다. 언제나 우리는 삶을 직접 꾸려나가는 과정에 놓여있다. 그렇기 때문에 깊숙한 삶의 진리를 알아가는 과정에 놓여있기도 하다. 알면 알수록 빛보다 어둠에 치닫는 경우가 있기에 진절머리가 나고 결국 그러려니 하는 안일한 공동체가 되어가지만, 그럴 때마다 마음속에 품고 있는 무엇인가가 나를 지탱해 주는 큰 마법이 되어준다.

그 무엇인가, 누군가는 좌우명, 누군가는 신념, 누군가는 모토라고 칭하지만 무엇이라 부르든 그것은 우리의 방향성이자 곧 가치가 되어준다. 나는 어렸을 적 서두의 6가지 문장을 '주문'이라고 불렀다. 나의 힘으로 도저히 아무것도 할 수 없다고 느껴질 때마다 외우는 절박한 외침이었으니. 아침에 일어나서 한 번, 잠들기 전에 한 번, 눈물이 나오려고 할 때는 끊임없이 여러 번.

누군가의 강함과 독함. 약음과 지혜에는 그만한 이유와 절실함이 있었음을 깨달으며.
우리의 연약한 시절을 지탱해 주던 작은 소리의 외침을 품고 산다.

만약 삶의 끝에 있다면

"다음을 약속하기 두렵다는 건 최선을
다했다는 뜻이야."

방 정리를 하던 중 여러 질문이 빼곡히 적혀 있는 다이어리
를 발견했다. 봄에 가장 하고 싶은 일, 스트레스를 푸는 방법,
가장 가까운 어린 시절의 기억 등 글을 쓸 수 있는 주제의 질문
들이 적혀 있었다. 자신에게 남은 시간이 별로 없다면 어떤 말
을 남기고 싶은지 묻는 질문도 있었다. 만약 우리가 삶의 끝에
놓여있다면 우리는 어떤 말을 남기고 싶을까. 숨겨둔 고백부터
사랑하는 이에게 털어놓는 진심까지.

하나하나 전해볼까. 살며 내가 배운 것들을.

정말로 남은 시간이 별로 없다면, 나 그리고 우리에게.

- 시간은 빠르니 열심히만 살지 않았으면 좋겠다. 안 그래도 빠른 인생이니. 너무 열심히만 살다 보면 내가 가진 것들을 보지 못하고 빠른 인생이 더 빠르게 지나간다. 매번 '열심히'인 그 힘을 가끔은 느슨하게 해줘도 별 탈 없이 괜찮다는 것을 한 번쯤은 꼭 느껴보았으면 좋겠다. 쉬어가더라도 두려워하지 말고, 인생에 공백기가 생기는 것을 못 참고 발버둥치지 않았으면 좋겠다.

- 지금을 즐겼으면 한다. 내가 맞이하는 '지금'이 우울이든, 기쁨이든, 고독이든, 희망이든 회피하지 않기를 바란다. 지금이 두려워질 때면 커다란 삶 속 하나의 점이라는 생각으로 마주하기를. 그리고 무엇보다 '지금' 행복하다면 행복을 따라다니는 불안은 과감히 배제했으면 좋겠다.

- 타인을 함부로 판단하지 않았으면 한다. 이 사람이 나에게 왜 다가왔는지, 내 곁에 있는 이유가 무엇인지 생각해 보되 나의 생각이 정답일 거라고 단정 짓지 말자. 사람 마음은 깊고 종잡을 수 없기에 내가 내린 정답으로 타인을 오해하고 상처 주고 나를 아프게 하는 일은 의미가 없다. 그

러나 맺고 끊는 것은 확실하게 해야 한다.

– 주변 사람들에게 사랑을 많이 받아 왔음을 인지하고 소중
하게 생각했으면 한다. 울타리가 되어준 가족, 스스로 방
향을 찾아나갈 수 있을 거라 믿고 기다려준 지인들, 그들
덕분에 이따금씩 따뜻해지는 계절을 살아갈 수 있었다. 우
리는 살아가는 동안 인연이라는 것에 상처받았지만 또 충
분하게 감동받고 있다는 것을 잊지 말았으면 한다.

우리가 함께 했던 시간이 바람으로 찾아와 당신 마음을 선선
하게 해줄 것이고, 때로는 눈과 비로 찾아와 당신과 함께 울어
줄 것이며, 햇살로 찾아와 당신과 함께 웃어줄 것이니. 내가 사
라진다고 해도 너무 오래 아파하거나 너무 오래 슬퍼하지 않았
으면 좋겠다. 부디 울지 말고 부단히도 씩씩하게 살아가기를.
삶의 끝에서 되돌아보건대, 다음을 약속하기가 참 두렵다. 그건
그만큼 치열하고 생에 최선을 다했다는 뜻이 아닐까. 우리의 시
간이 꼭 어딘가에 깃들어있기를 바라며.

나의 깨달음이 부재를 견딜 누군가의 마음과 함께하기를.

– 삶의 끝에 당신이 남기고 싶은 이야기는 무엇인가.

독보적인 사람

"스스로를 잃지 않는다면 모두가 너를 응원할
거야"

「언젠가 그대는 말했다. 일이 끝나고, 혹은 친구를 만나고
집으로 돌아오는 길에 늘 공허함, 허전함, 더 심하게는 상실감
을 느낀다고. 하지만 그대는 본인의 빈 감정을 고스란히 껴안은
채 딛고 있는 땅 위를 꽉 채워주었던 사람이다. 바로 그게 내가
그대를 자랑스러워하고, 응원하고, 또 사랑하는 이유다.」

가끔 고된 하루를 무사히 마치고 스스로에게 해주고 싶은 말
을 떠올릴 때가 있다. 어떤 날은 한 단어도 생각나지 않다가 어

떤 날은 장황하게 꼬리를 물고 떠오를 때도 있다. 그러다 다른 사람에게도 들려주고 싶은 말이 떠오르면 이렇게 글로 써두기도 한다.

위 말처럼 내가 딛고 있는 땅을 '나'라는 존재만으로 꽉 채울 수 있다면 얼마나 좋을까. 가만히 지켜보고 있으면 자신만의 고고한 분위기를 풍기는 사람들이 있다. 돈, 명예, 권력 이런 것과 상관없이 자신을 존중할 줄 알고, 타인을 존중할 줄도 알며 말과 행동이 가볍지 않다. 어딘가 모르게 여운이 남는 사람. 나는 그런 사람들을 독보적이라고 말하고 싶다. 내가 듣고 싶은 말을 남에게 바라지 않고, 구걸하지 않고, 스스로에게 해줄 수 있는 사람. 내가 딛고 있는 땅을 '나'라는 존재만으로 채워 나간다는 것은 이렇게 '독보적인 사람'에게서 나오는 행보일 것이다. 이것은 단지 주목을 받는다거나 존재감이 넘친다거나 큰 힘을 갖게 된다는 뜻과는 다르다. 내가 딛고 있는 땅을 '나'라는 존재만으로 꽉 채울 수 있다는 말은 결국 나를 잃지 않는다는 말과 동일하다.

–

스스로 독보적인 사람이 되려면 한참 멀었다는 생각을 한 건 며칠 전 문구점에서 평소에 쓰던 똑같은 볼펜을 고르는 내 모습 때문이었다. 나는 어디를 가든 목표한 결과치에 이르기까지 긴장을 많이 하는 사람이다. 중요한 일을 앞두고 있는 경우에는 평소에 사용하던 볼펜조차 바꾸지 않을 정도로 작은 변화조차 허용하지 않는 행동 패턴을 보인다. 어떻게 보면 일생이 긴장의 연속이라고도 할 수 있다. 내가 워낙 예민한 성격이겠거니 했는데 우리 엄마 역시 젊었을 때는 동네에 똑같은 루트를 도는 50번, 51번 버스가 있으면 51번 버스가 일찍 와도 엄마는 매일 타던 50번을 기다렸다고 한다. 예민함, 누군가는 미련함이라고 할지도 모르는 나의 한 부분이 유전이었음을 새롭게 알게 된 순간 왜 웃음이 나왔는지, 아마도 그 웃음은 내가 어찌할 수 없는 예민한 기질을 가졌기에, 독보적인 사람이 되려면 아직 한참 멀었다는 뜻의 실소였을 것이다.

'어찌겠어, 생긴 대로 살아야지.'라는 편한 발상을 하다가 좋은 구석을 찾아내며 생각해 본다. '그래도 그 예민함과 미련함이 흔들리는 과정을 붙들고 버틸 수 있게 만들었고, 결국 나를 강하게 만들지 않았을까.' 하고. 시간이 조금 더 흐르면 나의 예민한 구석이 나를 돈, 명예, 권력과 상관없이 어딘가 모르게 여운이 남는 사람으로 만들어 줄 거라는 기대를 해본다. 너무나 욕심 가득한 바람일지라도. 한참 멀었어도 꿋꿋이 서두의 문장을 되뇐다.

적어도, 내가 머물고 가는 그 자리가 나의 오랜 고뇌와 고민이 닿아 꽉 채워질 수 있다면, 또 그렇게 살아온 사람이라면 충분히 기쁠 것이며, 바로 그게 내가 나를 자랑스러워하고 응원하고 또 나를 사랑하는 이유가 될 것이다. 반드시.

에필로그

캄캄한 밤 보이지 않던 달이 보름달로 차오르기까지 우리는 무
수히 많은 마음들을 안고 살아가지요. 그 마음을 안고 가는 동
안에 저는 늘 혼자라는 생각을 했던 것 같습니다. 오히려 그 편
이 더 편하다고 생각하기도 했고요. 혼자서 모든 걸 이뤄내야
했고 의지할 곳 없이 혼자서 모든 것을 결정해왔다고 생각했는
데 참 부족한 생각이었나 봅니다. 책장을 덮고 잠시 삶을 되돌
아보니 저와 함께해 주었던 많은 이들이 떠오르는 걸 보면요.

외롭고 힘들고 지치는 순간이었지만 결코 혼자는 아니었을 겁
니다.
변치 않는 마음들이었기에 모르고 있었을 뿐.
그분들께 이제야 감사의 뜻을 전합니다. 느리고 느린 제가 제
이야기를 펼쳐내기까지 얼마나 많은 고민과 시간이 걸렸는지

모릅니다. 달의 목소리를 빌려 저의 세상을 담담히 고백하는 날을 기다려주셔서 감사합니다.

캄캄한 밤 보이지 않던 달이 보름달로 차오르기까지 여러분의 일상은 어떠신지요.
적어도 저에게 말은 가볍고 글은 무거웠기에, 결국 제게 힘이 되고 고독에 잠겼던 일상을 글로 전합니다. 제 글이 어딘가에 닿아 위로가 되고 공감이 되기까지 분명 씁쓸했던 시간이 여러분에게도 존재했을 겁니다.

하지만 많은 시련과 고난을 지나온 우리가 지금의 우리를 지탱하고 있기에 살 수 있고 또 살아야 하는 힘이 되기도 하겠지요.
누군가가 보내는 눈빛 하나, 말 하나, 글 하나를 가슴에 품다 보니 비로소 뭉클해질 때 더 강해지고 있습니다.

여전히 달은 차오르고, 이제는 용기 내어 응원을 보탭니다.

이 글을 읽고 있을 독자분들의 존재가 어딘가에서 꼭 빛나고 있길 빌어봅니다.
책장을 넘기는 여러분들 안에서 지월도 존재할 수 있었음에 감사하며.

부디 모든 날의 희로애락이, 우리를 살게 했으면 좋겠습니다.

-지월 드림-